UNIVERSALE
ECONOMICA
FELTRINELLI / CLASSICI

Serena Prina si occupa da molti anni di letteratura russa. Ha curato per Mondadori le opere complete di Gogol', *Il Maestro e Margherita* di Bulgakov e *Delitto e castigo* di Dostoevskij; per Feltrinelli, *Il dottor Živago* di Pasternak e, nei "Classici", ha tradotto e curato anche *La guardia bianca, Cuore di cane – Uova fatali, Vita del signor de Molière* di Bulgakov, *L'ispettore generale – Il matrimonio – I giocatori* di Gogol', *Sull'uomo Nietzsche* di Von Schirnhofer, *Note invernali su impressioni estive, Il giocatore, I fratelli Karamazov, Povera gente, Memorie da una casa di morti, Umiliati e offesi, L'eterno marito, Netočka Nezvanova, L'adolescente* e *Racconti* di Dostoevskij; ha inoltre tradotto testi di Tolstoj, Majakovskij (Mondadori), Nagibin (Rizzoli), Kaledin e Dubovickij (Feltrinelli), Vladimov (Jaca Book) e Vajner (Neri Pozza). Collabora con le edizioni del Teatro alla Scala.

Opere di Fëdor Dostoevskij in Feltrinelli:

Povera gente
Il sosia
Netočka Nezvanova
Memorie da una casa di morti
Umiliati e offesi
Note invernali su impressioni estive
Ricordi dal sottosuolo
Il giocatore
Delitto e castigo
L'idiota
I demoni
L'adolescente
La mite
I fratelli Karamazov
Lettere sulla creatività
Le notti bianche. La cronaca di Pietroburgo
L'eterno marito. La moglie di un altro e il marito sotto il letto
Racconti

FËDOR DOSTOEVSKIJ
Le notti bianche
La cronaca di Pietroburgo

A cura di Serena Prina

Titolo delle opere originali
Белые ночи
Петербургская летопись

Traduzione dal russo di
SERENA PRINA

© Giangiacomo Feltrinelli Editore Milano
Prima edizione nell'"Universale Economica" – I CLASSICI
aprile 2015
Sedicesima edizione marzo 2024

Stampa Elcograf S.p.a. – Stabilimento di Cles (TN)

www.feltrinellieditore.it
Libri in uscita, interviste, reading,
commenti e percorsi di lettura.
Aggiornamenti quotidiani

IL RAZZISMO
È UNA
BRUTTA STORIA.

razzismobruttastoria.net

Le notti bianche

Romanzo sentimentale

Dalle memorie di un sognatore

...O non fu forse creato con lo scopo
Di soffermarsi non fosse che un istante
Nelle vicinanze del tuo cuore?...[1]

IVAN TURGENEV

Notte prima

Era una notte meravigliosa, una di quelle notti che forse possono esistere solo quando si è giovani, egregio lettore. Il cielo era così stellato, era un cielo così limpido che, dopo averlo guardato, senza volerlo veniva da chiedersi se sotto un cielo del genere potessero vivere uomini stizziti e bizzosi. Anche questa, egregio lettore, è una domanda giovane, molto giovane, ma che Iddio ne mandi più spesso all'anima vostra!... Parlando dei signori bizzosi e stizziti, non posso non rammentare anche il mio comportamento irreprensibile nel corso di tutta quella giornata. Fin dal mattino aveva cominciato a tormentarmi una sorta di angoscia sorprendente. All'improvviso m'era sembrato che tutti volessero abbandonare me, solitario, e che tutti da me s'allontanassero. Certo chiunque si sentirà in diritto di chiedere: chi sono mai questi tutti? Poiché ormai sono otto anni che vivo a Pietroburgo e non sono stato in grado di intrecciare quasi nessuna relazione. Ma a che mi servono le relazioni? Anche senza di esse conosco già tutta Pietroburgo; ecco perché mi era sembrato che tutti mi volessero abbandonare quando l'intera Pietroburgo s'era alzata in piedi e all'improvviso se n'era andata in villeggiatura. Per me era stato terribile rimanere solo, e per tre giorni interi avevo vagato per la città in preda a un'angoscia profonda, senza capire assolutamente che cosa mi stesse capitando. Sia che andassi sul Nevskij, o ai giardini, o che mi aggirassi sul lungofiume, ovunque non c'era nemmeno uno dei volti che ero solito incontrare in quello stesso luogo, a una data ora, tutto l'anno. Certo, loro non mi conoscono, ma io invece sì. Io li conosco intimamente; ho quasi mandato a memoria la loro fisionomia, e li rimiro quando sono allegri, e m'incupisco quando il loro umore si rannuvola. Avevo quasi fatto amicizia con un vecchietto che incontravo ogni santo giorno, a una data ora, sulla Fontanka. Una fisionomia così contegnosa, meditabonda; mormora sempre qualcosa tra sé e agita la mano sinistra, mentre nella destra tiene un lungo bastone nodoso con un pomo dorato. Persino lui mi ha notato, e dimostra un sincero interesse nei miei confronti. Dovesse capitare che io non mi trovassi alla data ora nel dato posto sulla Fontanka, sono convinto che egli verrebbe preso dalla malinconia. Ecco perché alle volte quasi ci scambiamo un cenno di saluto, in special modo quando siamo entrambi di buon umore. Ultimamente, quando non c'eravamo visti per due intere giornate e c'eravamo poi incontrati solo alla terza, stavamo già per cavarci il cappello, ma per fortuna riuscimmo a trattenerci in tempo, abbassammo la mano e passammo l'uno accanto all'altro mostrando una sorta di reciproca complicità. Anche gli edifici mi sono noti. Mentre cammino è come se ciascuno di essi si mettesse a corrermi incontro lungo la strada, mi guardasse da tutte le finestre e quasi mi dicesse: "Salve, come state? Io pure, grazie a Dio, sono in salute, e in maggio mi alzeranno di un piano". Oppure: "Come state? E a me domani cominceranno a ripararmi". Oppure: "C'è mancato poco che andassi in fumo, e mi sono preso un bello spavento!" e così via. Tra di loro ho i miei prediletti, ho i miei conoscenti intimi; uno di essi quest'estate ha intenzione di farsi curare da un architetto. A bella posta vi farò un salto ogni giorno, affinché non lo rabbercino alla meno peggio, che Iddio ne abbia cura! Ma non dimenticherò mai la storia di una deliziosa casetta d'un rosa luminoso. Era un piccolo edificio in pietra così grazioso, mi guardava con aria così cordiale, squadrava con una tale fierezza i goffi vicini che il mio cuore si colmava di gioia quando mi capitava di passargli accanto. All'improvviso, la settimana scorsa, stavo percorrendo quella strada quando, appena ho alzato lo sguardo sull'amico, ho sentito un grido lamentoso: "Mi dipingeranno di giallo!". Scellerati! Barbari! Non hanno risparmiato nulla: né le colonne, né i cornicioni, e il mio conoscente s'è fatto giallo come un canarino. Per via di quest'episodio c'è mancato poco mi venisse un travaso di bile, e ancora adesso non ho avuto la forza di rivedere il povero sfigurato, dipinto col colore del celeste impero.

Così dunque capite, lettore, in che modo io conosca tutta Pietroburgo. L'ho già detto, per tre giorni fui tormentato dall'inquietudine, fino a quando non ne indovinai la ragione. Stavo male per strada (il tale non c'è, il tal altro nemmeno, dov'è andato a finire il tal altro ancora?) e nemmeno a casa ero padrone di me. Per due sere avevo cercato di trovare una risposta: che cosa mi mancava nel mio angoletto? Perché ci stavo così scomodo? E, perplesso, ne esaminavo le pareti verdi annerite dal fumo, il soffitto dal quale pendeva una ragnatela coltivata con grande successo da Matrëna, tornavo a ispezionare tutto il mio mobilio, esaminavo ogni sedia, chiedendomi se non fosse quella la causa del problema (poiché basta che una sedia non sia come dev'essere, com'era il giorno prima, e io già non son più padrone di me), guardavo dalla finestra, e tutto invano... non c'era verso di stare un poco meglio! Arrivai persino a escogitare l'idea di convocare Matrëna e di farle una paterna ramanzina per la ragnatela e l'incuria in genere; ma lei si limitò a guardarmi stupita e ad andarsene senza dire una parola, così che ancora adesso la ragnatela se ne sta tranquillamente appesa al suo posto. Finalmente soltanto quest'oggi, di mattina, ho intuito di cosa si trat-

tasse. Eh, ma tutti se la filano lontano da me, in villeggiatura! Scusatemi per la volgarità dell'espressione,
ma avevo altro a cui pensare che allo stile elevato... in
quanto tutto quel che c'era a Pietroburgo o s'era tra-
sferito in villeggiatura, o era sul punto di farlo; in
quanto ogni signore rispettabile dall'aria posata che
prendeva a nolo un vetturino ai miei occhi subito si
tramutava in un rispettabile padre di famiglia che,
dopo aver svolto le proprie ordinarie mansioni, si dirigeva senza bagaglio alcuno in seno alla propria famiglia, in villeggiatura; poiché ciascun passante adesso aveva ormai assunto un aspetto particolare, che
sembrava dire al primo venuto: "Noi, signori, siamo
qui solo così, di passaggio, ma tra due ore già ce ne
saremo andati in villeggiatura". Se si schiudeva una
finestra sulla quale per un attimo avevano tamburel-
lato piccole esili dita bianche come zucchero e vi si
sporgeva la testolina di una graziosa fanciulla che
chiamava a sé il venditore ambulante di fiori, subito a
me sembrava che quei fiori li si comprasse solo così,
ovvero non per godersi la primavera e i fiori in un
soffocante appartamento di città, ma che ecco invece
molto presto tutti se ne sarebbero andati in villeggiatura, e i fiori se li sarebbero portati dietro. Come non
bastasse, avevo già fatto tali progressi nel mio nuovo
genere particolare di scoperte che ormai potevo indicare senza possibilità d'errore, solo dall'aspetto, in
che luogo di villeggiatura abitasse ciascuno di loro.
Gli abitanti delle isole Kamennyj e Aptekarskij o della
strada Petergofskaja si distinguevano per la ben nota
leggiadria dei modi, le eleganti vesti estive e le magni-
fiche vetture con le quali erano giunti in città. Coloro
che vivevano a Pargolovo e nei suoi dintorni fin dal
primo sguardo "s'imponevano" con la loro accortezza
e serietà; il frequentatore dell'isola Krestovskij si di-
stingueva per l'aria d'imperturbabile allegria. Se mi
riusciva d'incontrare la lunga processione di barroc-
ciai che pigramente camminavano con le briglie in
mano accanto ai carri, carichi di montagne d'ogni

sorta di mobili, tavoli, sedie, divani alla turca e non, e altre carabattole domestiche, sulle quali, al di sopra di tutto ciò, assai spesso troneggiava, proprio in cima al carro, una gracile cuoca, che aveva cari i beni dei padroni come la pupilla del proprio occhio; se guardavo le barche appesantite dal carico delle masserizie domestiche, che scivolavano lungo la Neva o la Fontanka fino alla Černaja Rečka o alle isole, carri e barche ai miei occhi si decuplicavano, si centuplicavano; sembrava che tutto stesse spiccando il volo e se ne stesse andando, che tutto si stesse trasferendo a intere carovane in villeggiatura; sembrava che tutta Pietroburgo minacciasse di tramutarsi in un deserto, di modo che alla fine provai un senso di vergogna, offesa e tristezza: non avevo decisamente né un luogo né un motivo per andare in villeggiatura. Ero pronto ad andarmene con ogni carro, a seguire qualsiasi signore dall'aria rispettabile che avesse preso a nolo un vetturino; ma nemmeno uno, decisamente nessuno mi invitava; era come se si fossero dimenticati di me, come se io, per loro, fossi un estraneo a tutti gli effetti!

Camminai molto e a lungo, di modo che ero del tutto riuscito, com'era mia abitudine, a scordare dove fossi, quando all'improvviso mi ritrovai presso una delle porte della città. In un attimo divenni allegro, e oltrepassai la barriera, m'avviai tra campi seminati e prati, senza provare stanchezza, ma avvertendo solo con tutto me stesso che un certo peso mi cadeva dall'anima. Tutti coloro che passavano mi guardavano con tale cordialità che davvero ci mancava poco mi rivolgessero un inchino; tutti erano così lieti per un qualche motivo, tutti fino all'ultimo fumavano il sigaro. E anch'io ero lieto come non m'era mai capitato di essere. Era come se all'improvviso mi fossi ritrovato in Italia, a tal punto la natura mi aveva colpito, a me, cittadino dalla salute precaria, che quasi soffocava tra le sue quattro mura, in città.

C'è qualcosa d'inspiegabilmente toccante nella natura della nostra Pietroburgo quando, con l'arrivo della primavera, all'improvviso sfodera tutta la sua potenza, tutte le forze che il cielo le ha donato, si ricopre, si agghinda, si colora di fiori... Quasi senza volerlo mi rammenta quella fanciulla tisica e acciaccata alla quale a volte rivolgete uno sguardo compassionevole, a volte d'amore pieno di pietà, che altre volte infine nemmeno notate, ma che all'improvviso, come per caso, si fa bella in modo inspiegabile e portentoso, e voi, colpito, in estasi, senza volerlo vi domandate: "Quale forza ha portato a splendere di un simile fuoco questi occhi tristi, pensosi? Cosa ha richiamato il sangue a queste pallide guance smagrite? Che passione s'è riversata nei dolci tratti del suo viso? Per cosa si solleva così questo petto? Che cosa in modo inaspettato ha richiamato forza, vita e bellezza al volto della povera fanciulla, gli ha imposto di risplendere d'un simile sorriso, l'ha ravvivato d'un riso così abbagliante e sfavillante?". Vi guardate attorno, cercate qualcuno, fate delle supposizioni... Ma l'attimo trascorre e, forse, già domani tornerete a incontrare quello stesso sguardo pensoso e svagato di un tempo, quello stesso viso pallido, quella stessa rassegnazione, quella timidezza nei movimenti, e persino una sorta di pentimento, persino tracce di un'angoscia mortale e di una stizza per il trasporto di un attimo... E vi rammaricherete che la bellezza di un istante sia appassita così in fretta, in modo così irrevocabile, che sia balenata davanti ai vostri occhi così futile e ingannevole, vi rammaricherete di non aver nemmeno avuto il tempo di innamorarvi di lei...

E tuttavia la mia notte fu migliore del giorno! Ecco quel che accadde.

Feci ritorno in città molto tardi, e già avevano battuto le dieci quando cominciai ad approssimarmi alla mia abitazione. La mia strada passava lungo un canale, dove a quell'ora non si incontra mai anima viva. È vero, vivo in una parte davvero remota della città. Camminavo e cantavo, perché quando sono felice io immancabilmente canticchio qualcosa tra me, come qualsiasi persona felice che non abbia né amici, né buoni conoscenti e che nel momento della gioia non abbia nessuno con cui condividerla. All'improvviso mi accadde la più inattesa delle avventure.

Da un lato, appoggiata al parapetto del canale, c'era una donna; reggendosi coi gomiti sull'inferriata, con ogni evidenza scrutava con grande attenzione l'acqua torbida del canale. Indossava un graziosissimo cappellino giallo e una civettuola mantellina nera. "È una fanciulla, e senza dubbio una bruna," pensai. Tutto dava a vedere che non avesse udito i miei passi, non si mosse nemmeno quando le passai accanto, trattenendo il respiro e con il cuore che batteva forte. "Strano!" pensai. "Di sicuro deve avere una qualche preoccupazione," e all'improvviso mi fermai, di botto. Avevo udito un pianto soffocato. Sì! Non mi ero ingannato; la fanciulla piangeva, e un minuto più tardi ancora e ancora si sentì il suo singhiozzo. Dio mio! Mi si serrò il cuore. E per quanto io sia timido con le donne, si trattava di un momento così particolare!... Mi voltai, la raggiunsi e immancabilmente avrei detto: "Signora!" se solo non avessi saputo che tale esclamazione era già stata pronunciata mille volte in tutti i romanzi russi sul gran mondo. Fu solo questo a fermarmi. Ma mentre ero alla ricerca della parola giusta, la fanciulla tornò in sé, si riprese, abbassò gli occhi e mi scivolò accanto lungo il canale. Subito la seguii, ma lei se ne accorse, abbandonò la strada che correva lungo il canale, attraversò la via e raggiunse il marciapiede. Io non osai attraversare la via. Il mio cuore palpitava come un uccellino preso in trappola. All'improvviso fu il caso a venirmi in soccorso.

Sull'altro lato del marciapiede, a poca distanza dalla mia sconosciuta, all'improvviso fece la sua comparsa un signore in frac, d'età rispettabile, mentre non si poteva certo affermare che anche la sua andatura lo fosse. Avanzava barcollando e s'appoggiava con cautela al muro. La fanciulla invece camminava come una freccia, timida e frettolosa, come in genere camminano tutte le fanciulle che non desiderano che qualcuno si faccia avanti per accompagnarle a casa di notte e, per certo, il signore ciondolante per nulla al mondo l'avrebbe raggiunta se il mio destino non gli avesse suggerito di ricorrere a dei mezzi particolari. All'improvviso, senza dire parola ad alcuno, il mio signore partì a tutta velocità e si mise a correre a gambe levate, e corse fino a raggiungere la mia sconosciuta. Lei andava come il vento, ma il signore barcollante la stava per raggiungere, l'aveva raggiunta, la fanciulla diede in un grido e... io benedico il destino per l'eccellente bastone nodoso che in quell'occasione si venne a trovare nella mia mano destra. In un attimo mi ritrovai su quel lato del marciapiede, in un attimo il signore senza nome capì come stavano le cose, prese in considerazione una ragione inoppugnabile, tacque, si tirò indietro e, solo quando eravamo ormai parecchio lontani, protestò nei miei confronti in termini piuttosto energici. Ma le sue parole quasi non giunsero fino a noi.

"Datemi la mano," dissi alla mia sconosciuta, "e quello non oserà più molestarvi."

In silenzio lei mi porse la mano, ancora tremante per l'agitazione e lo spavento. O signore indesiderato! Come ti benedii in quel momento! Le diedi un'occhiata di sfuggita: era graziosissima, ed era bruna, avevo indovinato; sulle sue ciglia nere ancora rilucevano le lacrime, non so se dovute al recente spavento o al dolore di poco prima. Ma sulle labbra già risplendeva un sorriso. Anche lei mi guardò furtiva, arrossì appena e abbassò gli occhi.

"Ecco, vedete, perché prima mi avete scacciato? Ci fossi stato io, non sarebbe successo nulla..."

"Ma non vi conoscevo: pensavo che anche voi..."

"Forse che adesso mi conoscete?"

"Un poco. Ecco, per esempio, perché state tremando?"

"Oh, l'avete indovinato fin dal primo istante!" risposi, entusiasta che la mia fanciulla fosse così intelligente: il che, in presenza della bellezza, non è mai d'impaccio. "Sì, fin dal primo sguardo avete indovinato con chi avete a che fare. Proprio così, sono timido con le donne, sono agitato, non voglio discuterne, non meno di quanto lo eravate voi un attimo fa, quando quel signore vi ha spaventata... Adesso sono come in preda a una sorta di paura. È proprio un sogno, ma io persino in sogno non potevo supporre che un giorno avrei parlato con una donna."

"Come? Possibile?..."

"Sì, se la mia mano trema è perché mai aveva ancora stretto una manina piccola e graziosa come la vostra. Sono del tutto disavvezzo alle donne; ovvero, non mi ci sono mai avvezzato; io sono solo... Non so nemmeno come si parla con loro. Ecco, anche adesso non so se forse non v'ho detto una qualche sciocchezza. Ditemelo francamente; vi avverto che non sono permaloso..."

"No, nessuna, nessuna; al contrario. E se poi esigete che sia sincera, allora vi dirò che alle donne piace una simile timidezza; e, se ne volete sapere di più, anche a me piace, e non vi caccerò fin quando non sarò arrivata a casa."

"Così farete in modo," esordii, soffocando per l'entusiasmo, "che smetta subito di fare il timido, e allora... addio a tutti i miei vantaggi!..."

"Vantaggi? Quali vantaggi, per ottenere cosa? Ecco che già la cosa si fa sciocca."

"Scusate, non lo farò più, m'è sfuggito di bocca; ma come potete pensare che in un momento del genere non ci sia il desiderio..."

"Di piacere, forse?"

"Be', sì; sì, per l'amor di Dio, siate buona. Giudicate chi sono io! Ecco, ho già ventisei anni, e mai m'è capitato di incontrare una qualche persona. Quindi, come posso parlare bene, con abilità e a proposito? Per voi sarà meglio quando tutto sarà rivelato, sarà messo allo scoperto... Non so tacere quando in me è il cuore a parlare. Quindi, comunque... Dovete credere, nessuna donna, mai, mai! Nessuna conoscenza! E ogni giorno mi limito a sognare che prima o poi incontrerò qualcuno. Ah, se sapeste quante volte in tal modo mi sono innamorato!..."

"Ma com'è possibile, di chi mai?"

"Ma di nessuno, di un ideale, di colei che si vede in sogno. Nei sogni costruisco romanzi interi. Oh, voi non mi conoscete! È vero, e non poteva essere altrimenti, due o tre donne le ho incontrate, ma di che donne si trattava? Erano le solite massaie... Ma vi farò ridere, vi racconterò che ho pensato alcune volte di attaccare conversazione così, alla buona, con una qualche aristocratica, per strada, s'intende, incontrandola da sola; attaccare conversazione, s'intende, timidamente, con rispetto, passione; dire che sto morendo, in solitudine, in modo che non avesse a scacciarmi, che non ho i mezzi per conoscere una qualunque donna; suggerirle che rientra persino nei doveri della donna non respingere la timida supplica di un uomo infelice come me. Che, per finire, tutto quel che chiedo consiste solo nello scambiare due parole fraterne, con partecipazione, senza essere scacciato sui due piedi, nel credermi sulla parola, porgere orecchio a quello che avrei detto, nel ridere pure di me, se così le garbava, darmi una qualche speranza, dirmi due parole, soltanto due parole, e poi potevamo anche non incontrarci mai più!... Ma voi ridete... D'altronde, è per questo che ve lo racconto..."

"Non vi indispettite; rido del fatto che voi siete il vostro nemico, e che se aveste provato, forse avreste avuto successo, per lo meno se la cosa fosse avvenuta per strada; più è semplice, meglio è... Nessuna donna di buon cuore, se solo non è stupida o particolarmente incollerita per una qualche ragione in quel momento, si deciderebbe a scacciarvi senza quelle due parole che voi supplicate così timidamente... D'altronde, che sto dicendo! Certo vi piglierebbe per pazzo. Ho giudicato basandomi su me stessa. Ma so bene come sia la gente in questo mondo!"

"Oh, vi ringrazio!" esclamai. "Non sapete quel che adesso avete fatto per me!"

"Bene, bene! Ma ditemi, perché avete ritenuto che io fossi una donna con la quale... be', che voi ritenevate degna... d'attenzione e amicizia... in una parola, non una massaia, come le chiamate voi. Perché vi siete deciso ad avvicinarmi?"

"Perché? Perché? Ma eravate da sola, quel signore era troppo audace, adesso è notte: ammetterete anche voi che si tratta di un dovere..."

"No, no, ancora prima, là, sull'altro lato. Perché voi volevate avvicinarvi a me, vero?"

"Là, sull'altro lato? Ma io davvero non so come rispondervi; temo... Sapete, oggi ero felice; camminavo, cantavo; sono stato fuori città; non avevo ancora mai avuto degli attimi così felici. Voi... ma forse mi è solo sembrato... Be', scusatemi se lo rammento: mi è sembrato che piangeste, e io... io non potevo ascoltare una cosa simile... mi si era serrato il cuore... Oh, Dio mio! Ma possibile dunque che non possa rattristarmi per voi? Possibile che sia peccato provare una compassione fraterna nei vostri confronti?... Perdonate, ho detto compassione... Ma sì, in una parola, possibile che possa offendervi per aver involontariamente avuto l'idea d'avvicinarmi a voi?..."

"Fermatevi, basta, non dite..." disse la fanciulla, abbassando lo sguardo e stringendomi la mano. "La colpa è mia per aver cominciato a parlarne; ma sono lieta di non essermi sbagliata sul vostro conto... ecco però che sono già arrivata a casa mia; devo passare per di qua, lungo il vicolo; sono solo due passi... Addio, vi ringrazio..."

"Così è possibile, è possibile che non ci vedremo mai più?... Possibile che le cose restino così?"

"Vedete dunque," disse la fanciulla, ridendo, "dapprincipio volevate solo due parole, e adesso... Ma d'altronde non vi dirò nulla... Forse ci incontreremo..."

"Domani verrò quaggiù," dissi. "Oh, perdonatemi, sto già pretendendo..."

"Sì, siete impaziente... state quasi pretendendo..."

"Ascoltate, ascoltate!" la interruppi. "Scusate se vi dico ancora un'altra cosa... Ma ecco di che si tratta: domani non potrò evitare di tornare quaggiù. Sono un sognatore; ho così poca vita reale che attimi come questo, come adesso, li considero una tale rarità che non posso non farli rivivere nei sogni. Fantasticherò di voi tutta la notte, tutta la settimana, l'intero anno. Domani verrò immancabilmente qui, proprio qui, in questo stesso posto, e sarò felice di ricordare quel che è accaduto il giorno prima. Questo posto mi è già caro. Ho già due o tre luoghi del genere a Pietroburgo. Una volta ho persino pianto al ricordo, come voi... Perché chi lo sa, forse anche voi, dieci minuti fa, piangevate per un ricordo... Ma scusatemi, di nuovo mi sono smarrito; forse quaggiù un tempo voi siete stata particolarmente felice..."

"Bene," disse la fanciulla, "forse domani verrò quaggiù, sempre alle dieci. Vedo che ormai non posso proibirvi... Ecco come stanno le cose, io ho bisogno di trovarmi in questo luogo; vi avverto che ne ho bisogno per me stessa. Ma ecco... be', ve lo dirò in tutta franchezza: non ci sarà nulla di male se verrete anche voi; in primo luogo potrebbero di nuovo presentarsi delle sgradevolezze come quest'oggi, ma lasciamo perdere... in una parola, ho semplicemente voglia di vedervi... per scambiare con voi due parole. Solo, vedete, adesso non mi dovete giudicare. Non dovete pensare che io conceda con tanta leggerezza un appuntamento... L'avrei concesso se... Ma lasciamo che questo sia il mio segreto! Solo, prima si deve stabilire un patto..."

"Un patto! Parlate, dite, dite tutto subito; sono d'accordo su tutto, sono pronto a tutto," esclamai in preda all'entusiasmo, "rispondo di me stesso, sarò ubbidiente, rispettoso... voi mi conoscete..."

"Proprio perché vi conosco vi invito qui domani," disse la fanciulla ridendo. "Vi conosco davvero. Ma, vedete, dovete venire a una condizione: in primo luo-go (solo, siate gentile, fate quello che vi chiederò, vedete, vi sto parlando sinceramente), non vi dovete innamorare di me... Questo è impossibile, ve l'assicuro. Sono pronta per l'amicizia, eccovi la mia mano... Ma non è possibile innamorarsi, ve ne prego!"

"Ve lo giuro," gridai, afferrando la sua manina...

"Basta, non giurate, lo so bene che siete capace di accendervi come polvere da sparo. Non condannatemi se parlo in questo modo. Se sapeste... Anch'io non ho nessuno con cui poter scambiare una parola, a cui chiedere un consiglio. Certo, non è per la strada che si cercano dei consiglieri, ma voi siete un'eccezione. Vi conosco come se fossimo amici da vent'anni... Non è forse vero che voi non siete capace di tradire?"

"Lo vedrete... solo che non so come farò a sopravvivere tutta una notte e tutto un intero giorno."

"Dormite sodo; buona notte, e rammentate che vi ho già concesso la mia fiducia. Ma poco fa vi siete espresso così bene dicendo che è possibile render conto di ciascun sentimento, persino di una compassione fraterna! Sapete, l'avete detto così bene che subito m'è passato per la mente il pensiero di fidarmi di voi..."

"In nome di Dio, ma per cosa? Cosa?"

"A domani. Che per ora resti un segreto. È meglio per voi: sia pure alla lontana, assomiglierà a una storia d'amore. Forse domani ve lo dirò, e forse no... Parleremo ancora, ci conosceremo meglio..."

"Oh, sì, domani vi racconterò tutto di me! Ma che cosa è questo? In me sta avvenendo un prodigio... Dove sono, Dio mio? Dite, possibile che non siate scontenta per non esservi risentita come avrebbe fatto un'altra, per non avermi cacciato via fin dall'inizio? Due minuti, e mi avete reso felice per sempre. Sì, felice; perché dovete sapere che forse m'avete riconciliato con me stesso, avete risolto i miei dubbi... Forse anche a me accadono momenti simili... Sì, domani vi racconterò tutto, saprete tutto, tutto..."

"Bene, accetto; sarete voi a cominciare..."

"D'accordo."

"Arrivederci!"

"Arrivederci!"

E ci separammo. Camminai per tutta la notte; non riuscivo a decidermi a fare ritorno a casa. Ero così felice... a domani!

Notte seconda

"Ecco, siete sopravvissuto!" mi disse ridendo e stringendomi entrambe le mani.

"Sono qui già da due ore; voi non avete idea di come abbia vissuto questa giornata!"

"Lo so, lo so... ma andiamo al punto. Sapete perché sono venuta? Certo non per dire sciocchezze come ieri. Ecco come stanno le cose: in futuro è necessario che noi si agisca con maggiore ragionevolezza. Ieri ho pensato a lungo a tutto ciò."

"Ma in cosa, in cosa essere più ragionevoli? Per parte mia sono pronto; ma, a dire il vero, in vita mia non m'è mai capitato nulla di più ragionevole di quanto mi sta accadendo adesso."

"Davvero? Come prima cosa vi prego di non stringermi a questo modo le mani; e come seconda voglio farvi sapere che quest'oggi ho meditato a lungo su di voi."

"E com'è andata a finire?"

"Com'è andata a finire? È andata a finire che bisogna ricominciare tutto daccapo, perché a conclusione della mia riflessione ho stabilito che voi mi siete ancora del tutto sconosciuto, che ieri mi sono comportata come una bambina, come una ragazzina, e s'intende che è saltato fuori che il colpevole di tutto è il mio buon cuore, ovvero mi sono lodata, come sempre accade quando cominciamo a esaminare i nostri comportamenti. E, allo scopo di rimediare all'errore, ho stabilito di cercare di sapere tutto di voi, fin nel minimo dettaglio. Ma siccome non ho nessuno presso cui informarmi, allora sarete proprio voi a dovermi raccontare tutto quanto, tutto fino all'ultimo particolare. Allora, che uomo siete? In fretta, cominciate, su, raccontate la vostra storia."

"La mia storia!" esclamai spaventato. "La mia storia! Ma chi vi ha detto che io abbia una storia? Io non ho storia..."

"E allora come avete fatto a vivere, se non avete storia?" mi interruppe lei, ridendo.

"Assolutamente senza la minima storia! Ho vissuto, come si suol dire, per conto mio, ovvero del tutto solo, solo, assolutamente solo; capite cosa vuol dire solo?"

"Ma come sarebbe, solo? Non vedevate dunque mai nessuno?"

"Oh no, in quanto a vedere qualcuno, lo vedo, eccome, ma comunque sono solo."

"Come sarebbe, forse che non parlate con nessuno?"

"Nel senso stretto della parola, con nessuno."

"Ma chi siete, dunque, spiegatevi! Aspettate, voglio indovinare: probabilmente avete una nonna, proprio come me. È cieca, ed è ormai una vita intera che non mi lascia andare da nessuna parte, di modo che ho quasi del tutto disimparato a parlare. E quando un paio d'anni fa ne avevo fatta una delle mie, e lei aveva compreso che non mi avrebbe potuto trattenere, mi fece chiamare e con una spilla cucì il mio vestito al suo; e da quella volta ce ne stiamo sedute così per giornate intere; lei fa la calza, anche se è cieca; e io le sto seduta accanto, cucio o le leggo un libretto a voce alta – un'abitudine così strana, e sono già due anni che me ne sto lì cucita a lei..."

"Ah, Dio mio, che disgrazia! Ma comunque no, non ho una nonna del genere."

"E se non l'avete, come potete allora starvene sempre in casa?"

"Ascoltate, volete sapere come sono?"

"Ma sì, sì!"

"Nel senso stretto della parola?"

"Nel senso più stretto possibile!"

"Allora permettete che vi dica che sono un tipo."

"Un tipo, un tipo! Che tipo?" esclamò la fanciulla mettendosi a ridere come se da un intero anno non avesse avuto occasione di farlo. "Sì, con voi ci si diverte moltissimo! Guardate, ecco qua una panchina; sediamoci! Di qui non passa nessuno, nessuno ci ascolta e... cominciate dunque la vostra storia! Perché, per quanto non abbiate a credermi, avete una storia, e vi limitate solo a nascondervi. In primo luogo, cosa sarebbe un tipo?"

"Un tipo? Un tipo è un originale, è un uomo ridicolo!" risposi, scoppiando io stesso a ridere, trascinato dal suo riso infantile. "È un'indole particolare. Ascoltate, sapete cosa sia un sognatore?"

"Un sognatore? Permettete, come potrei non saperlo? Io stessa sono una sognatrice! A volte, mentre me ne sto seduta accanto alla nonna, cos'è che non mi passa per la testa! Ed ecco che si comincia a sognare, e si sta lì a pensare a tante cose, al fatto che magari sposerò un principe della Cina... E d'altra parte è proprio un bene sognare! No, d'altronde lo sa Iddio! Soprattutto se anche senza sognare uno ha già tante cose a cui pensare," soggiunse la fanciulla, questa volta piuttosto seriamente.

"Eccellente! Se almeno una volta siete andata in sposa all'imperatore della Cina, vorrà dire che mi potrete capire alla perfezione. Su, ascoltate... Ma, permettete, ancora non so nemmeno come vi chiamate."

"Finalmente! Ce ne avete messo di tempo per accorgervene!"

"Ah, Dio mio! Non mi era nemmeno venuto in mente, anche così stavo bene..."

"Mi chiamo Nasten'ka."

"Nasten'ka? E nient'altro?"

"E nient'altro! Possibile che sia poco per voi, uomo insaziabile?"

"Poco? Al contrario, è molto, molto, moltissimo, Nasten'ka, gentile fanciulla, considerato che fin dalla prima volta voi per me siete stata Nasten'ka."

"Ma pensa! E dunque?"

"Dunque, Nasten'ka, ascoltate che storia ridicola ne viene fuori."

E mi sedetti accanto a lei, assunsi un atteggiamento tra il serio e il pedante e cominciai come se stessi leggendo da un libro:

"Ci sono, Nasten'ka, se non lo sapete, ci sono, a Pietroburgo, degli angoletti piuttosto strani. In questi luoghi è come se non gettasse mai lo sguardo lo stesso sole che splende invece per tutti gli altri abitanti della città, ma che a gettare lo sguardo sia un altro sole, nuovo, ordinato apposta per questi angoli, e che vi splenda con un'altra luce, particolare. In questi angoli, dolce Nasten'ka, si vivacchia una vita del tutto diversa, che non assomiglia a quella che ferve attorno a noi, una vita che potrebbe svolgersi in un regno invisibile in capo al mondo, ma non da noi, nella nostra epoca seria, serissima. E questa vita è un miscuglio tra qualcosa di puramente fantastico, pieno d'ardore ideale e al tempo stesso, ahimè, Nasten'ka, qualcosa di scialbo e prosaico, e banale, per non dire volgare fino all'inverosimile".

"Uffa! Signore Iddio! Che prefazione! Che altro mi toccherà ascoltare adesso?"

"Ascolterete, Nasten'ka (ho l'impressione che non mi stancherò mai di chiamarvi Nasten'ka), ascolterete che in questi angoli tirano a campare persone strane, i sognatori. Il sognatore, se è necessaria una sua definizione dettagliata, non è un uomo, ma, sapete, una sorta di essere di genere neutro. Il più delle volte si stabilisce da qualche parte in un angolo inaccessibile, come se vi si volesse nascondere persino dalla luce del giorno, e, quando vi entra, aderisce al suo angolo come una chiocciola o, per lo meno, sotto questo aspetto assomiglia molto a quell'interessante animale che è al tempo stesso l'animale e la sua casa, e viene chiamato tartaruga. Che ne pensate, per qual motivo ama a tal punto le sue quattro mura immancabilmente pitturate di verde, affumicate, malinconiche e annerite al di là dell'immaginabile? Perché mai questo signore ridicolo, quando qualcuno dei suoi rari conoscenti lo viene a trovare (e va a finire che i suoi conoscenti si trasferiscono tutti altrove), perché mai quest'uomo ridicolo lo accoglie così imbarazzato, così mutato in viso e in preda a tale sconcerto, come se tra le sue quattro mura avesse appena commesso un delitto, come se avesse fabbricato banconote false o composto qualche poesiola da inviare a una rivista in una lettera anonima, nella quale s'afferma che il vero poeta è ormai morto, e che un amico ritiene suo sacrosanto dovere pubblicarne i versi? Per quale motivo, ditemi, Nasten'ka, tra questi due interlocutori non si sviluppa una conversazione? Per quale motivo né una risata, né una paroletta audace si levano mai dalla lingua del conoscente arrivato all'improvviso, perplesso, che in altre circostanze ama molto tanto le risate che le parolette audaci, e le conversazioni sul gentil sesso, e altri argomenti allegri? Per qual motivo, infine, questo conoscente, che con ogni probabilità lo frequenta da poco, ed è alla sua prima visita (perché in tal caso una seconda non ce ne sarà, e il conoscente non tornerà una seconda volta), si confonde a tal punto, a tal punto s'irrigidisce con tutta la sua arguzia (se solo ne possiede un po') guardando il volto stranito del padrone di casa, che a sua volta ha già fatto del tutto in tempo a smarrirsi e a confondersi dopo gli sforzi immani e tuttavia vani di rendere scorrevole e varia la conversazione, di mostrare anche da parte sua una conoscenza della mondanità, di saper anch'egli parlare del gentil sesso e, con una simile arrendevolezza, piacere al poveretto capitato fuori luogo, che per errore lo è venuto a trovare? Per quale motivo, infine, all'improvviso l'ospite afferra il cappello e se ne va in tutta fretta, rammentandosi in modo inaspettato della questione più vitale che mai gli fosse capitata, e libera a fatica la mano dalle strette calorose del padrone di casa, che in ogni modo si sforza di mostrare il proprio pentimento e cerca di riguadagnare il tempo perduto? Per quale motivo il conoscente che se ne sta andando ridacchia nell'oltrepassare la soglia, subito giura a se stesso che non metterà mai più piede in casa di questo bislacco, sebbene questo bislacco sia in sostanza un giovane eccellentissimo, e al tempo stesso non può in alcun modo rifiutare alla propria immaginazione un piccolo capriccio: paragonare, pur se molto alla lontana, la fisionomia del recente interlocutore nel corso dell'incontro all'aspetto di quel gattino disgraziato che, strapazzato, terrorizzato e torturato in ogni modo possibile da un gruppo di ragazzini, tenuto prigioniero con perfidia, del tutto smarrito, finalmente riesce a sottrarsi loro e a nascondersi sotto una sedia, nel buio, e lì per un'ora intera continua a rizzare il pelo, soffiare e lavarsi il musetto oltraggiato con entrambe le zampe, e in seguito a lungo dopo ciò mantiene un atteggiamento ostile nei confronti della natura e della vita, e persino dei resti del pranzo del padrone, tenuti in serbo per lui da una compassionevole domestica?"

"Ascoltate," mi interruppe Nasten'ka, che per tutto il tempo mi aveva ascoltato stupita, spalancando gli occhi e la boccuccia, "ascoltate: davvero non so perché mai tutto questo sia successo e perché proprio voi mi poniate delle domande così ridicole; ma so per certo che tutte queste avventure son di sicuro capitate a voi, parola per parola."

"Senza dubbio," risposi con l'espressione più seria.

"Allora, se è senza dubbio, continuate," rispose Nasten'ka, "perché ho una gran voglia di sapere come andrà a finire."

"Volete sapere, Nasten'ka, che cosa faceva il nostro eroe nel suo angolo o, per meglio dire, che ci facevo io, perché l'eroe di tutto ciò sono io, la mia stessa umile persona; volete sapere per quale motivo mi sono a tal punto allarmato e smarrito per l'intera giornata per via della visita inattesa di quel mio conoscente? Volete sapere per quale motivo sono balzato su a quel modo, sono arrossito a quel modo quando ho aperto la porta della mia stanza, perché non sono stato capace di accogliere l'ospite e sono stato invece così vergognosamente schiacciato dall'onere dell'ospitalità?"

"Ma sì, sì!" rispose Nasten'ka, "proprio qui sta il punto. Ascoltate: sapete raccontare magnificamente, ma non vi sarebbe possibile raccontare in un modo un po' meno magnifico? Altrimenti, mentre parlate, è come se leggeste un libro."

"Nasten'ka!" risposi con voce solenne e severa, trattenendo a stento il riso, "dolce Nasten'ka, lo so di raccontare magnificamente, ma mi dispiace, non so farlo in altro modo. Adesso, dolce Nasten'ka, adesso assomiglio allo spirito di re Salomone, che se ne è rimasto per mille anni dentro un'urna con sette sigilli, e l'urna finalmente è stata dissigillata. Adesso che di nuovo ci siamo incontrati dopo una così lunga separazione, dolce Nasten'ka – perché io vi conoscevo già da tempo, Nasten'ka, perché io già da tempo cercavo qualcuno, e questo è il segno che stavo cercando proprio voi e che era destino che adesso noi ci incontrassimo –, adesso nella mia testa si sono aperte migliaia di valvole, e io devo riversarmi in un fiume di parole, altrimenti soffocherò. E quindi vi prego di non interrompermi, Nasten'ka, ma di ascoltare docile e ubbidiente: altrimenti tacerò."

"Ma no, ma no, ma no! Non sia mai! Parlate! Adesso non dirò più una parola."

"Continuo, dunque: nella mia giornata esiste, cara amica Nasten'ka, un'ora che amo immensamente. Si tratta di quella stessa ora in cui quasi tutte le cose da fare, gli impegni e i doveri, si interrompono e tutti s'affrettano a tornare a casa per la cena, per stendersi a riposare e lì, per strada, s'immaginano altri allegri argomenti, su come passare la serata, la notte e tutto il tempo libero che li attende. A quell'ora anche il nostro eroe – perché mi dovete permettere, Nasten'ka, di parlare in terza persona, perché in prima persona si prova una terribile vergogna a raccontare tutto ciò – e dunque, a quell'ora anche il nostro eroe, che ha pure lui un lavoro, se ne cammina dietro agli altri. Ma uno strano senso di piacere riluce sul suo volto pallido, come un poco sciupato. Con animo tutt'altro che indifferente osserva il crepuscolo serale, che lentamente s'estingue nel cielo freddo di Pietroburgo. Quando dico che osserva, sto mentendo: non osserva, ma contempla come senza rendersene conto, come se fosse stanco o impegnato in quello stesso momento da un qualche altro oggetto più interessante, di modo che solo di sfuggita, quasi senza volerlo, può dedicare un poco di tempo a tutto ciò che lo circonda. È soddisfatto perché fino a domani ha chiuso con gli *affari* per lui molesti, ed è lieto come uno scolaretto libero di abbandonare il banco dell'aula per i suoi giochi prediletti e le monellerie. Guardatelo di profilo, Nasten'ka: subito vedrete come il sentimento gioioso abbia già felicemente agito sui suoi nervi indeboliti e sulla fantasia morbosamente eccitata. Ecco che s'è messo a meditare su qualcosa... Credete stia pensando alla cena? Alla serata odierna? Che cosa sta guardando a questo modo? Quel signore dall'aria rispettabile, che con gesto pittoresco ha rivolto un inchino a una dama che gli è passata accanto su una splendida carrozza tirata da cavalli pieni di brio? No, Nasten'ka, che gli importa in questo momento di tali meschinerie! In questo momento egli è già ricco della propria vita *particolare*; è come se all'improvviso fosse diventato ricco, e l'ultimo raggio del sole che si va spegnendo non ha brillato invano dinnanzi a lui con tanta allegria, evocando in quel cuore così riscaldato un intero sciame di sensazioni. In questo momento egli appena nota la strada dove in precedenza ogni minima sciocchezza aveva la capacità di stupirlo. Adesso la 'dea fantasia' (se avete letto Žukovskij, dolce Nasten'ka) ha già intessuto con mano capricciosa la propria trama dorata e s'è data a sviluppare dinnanzi a lui i rabeschi di una vita immaginaria, estrosa, e, chi lo sa, forse con quella mano capricciosa lo ha trasportato al settimo cielo di cristallo, sollevandolo dal massiccio marciapiede di granito lungo il quale egli procede verso casa. Provatevi a fermarlo adesso, chiedetegli all'improvviso dove si trovi in questo momento, che vie abbia percorso: è probabile che egli non rammenti alcunché, né dove abbia camminato né dove si trovi adesso, e che, arrossendo indispettito, s'inventi necessariamente una qualche menzogna per salvare le apparenze. Ecco perché è trasalito in tal modo, per poco non ha dato in un grido e s'è guardato attorno spaventato quando una vecchietta assai veneranda l'ha fermato con grande cortesia in mezzo al marciapiede per chiedergli la strada che aveva smarrito. Accigliandosi indispettito, egli va oltre, senza notare che più di un passante ha sorriso guardandolo, e s'è voltato seguendolo con gli occhi, e che una ragazzina, che timida gli ha ceduto il passo, s'è messa a ridere forte dopo aver osservato con tanto d'occhi il suo ampio sorriso contemplativo e i movimenti delle braccia. Ma quella stessa fantasia ha già trascinato con sé nel suo volo giocoso anche la vecchietta, e i passanti curiosi, e la fanciulla ridente, e i contadinotti che quaggiù trascorrono la serata sui loro barconi, ammassati sulla Fontanka (mettiamo che in quel momento il nostro eroe stia passando di lì), ha intessuto giocosamente tutti e tutto nel suo canovaccio, come una mosca in una ragnatela, e quando il nostro bislacco se ne sarà tornato a casa nella sua tana diletta, con la sua nuova acquisizione, quando si sarà seduto a tavola, avrà già da tempo finito di cenare, solo allora tornerà in sé, solo quando la pensosa e perennemente triste Matrëna, che gli fa da serva, avrà già sparecchiato e gli avrà porto la pipa, solo allora tornerà in sé e con stupore si rammenterà di avere già cenato, senza riuscire a ricordare come il tutto sia potuto accadere. Nella stanza s'è fatto buio; nell'anima sua c'è solo vuoto, tristezza; l'intero reame di sogni s'è sgretolato attorno a lui, s'è sgretolato senza lasciare tracce, senza rumore, senza chiasso, è sfrecciato via come un sogno, e nemmeno lui ricorda di che cosa ha fantasticato. Ma una sorta d'oscura sensazione, per via della quale ha cominciato un poco a dolere e a tormentarsi il suo petto, una sorta di nuovo desiderio tentatore gli solletica e stuzzica la fantasia e impercettibilmente evoca uno sciame di nuovi fantasmi. Nella stanzetta regna il silenzio; solitudine e indolenza vezzeggiano l'immaginazione; essa s'accende appena, appena comincia a sobbollire, come l'acqua nella caffettiera della vecchia Matrëna, che placida attende alle sue faccende lì accanto, in cucina, preparandosi il caffè. Ed ecco che già comincia a prorompere mandando bagliori, ecco che già anche il libro, preso senza uno scopo e a casaccio, cade di mano al mio sognatore, senza che egli sia arrivato nemmeno alla terza pagina. La sua immaginazione è di nuovo pronta, risvegliata, e all'improvviso ancora una volta un mondo nuovo, una vita nuova, incantevole gli balena dinnanzi nella sua fulgida prospettiva. Un nuovo sogno, una nuova felicità! Una nuova dose di veleno raffinato, sensuale! Oh, che gliene importa a lui della nostra vita reale! Ai suoi occhi sedotti noi due, Nasten'ka, viviamo in modo così pigro, lento, fiacco; ai suoi occhi siamo tutti così insoddisfatti del nostro destino, siamo così annoiati dalla nostra vita! E in verità considerate in effetti come a prima vista tutto, tra noi, sia freddo, tetro, precisamente ostile... 'Poveretti!' pensa il mio sognatore. E non c'è da meravigliarsi che lo pensi! Guardate questi fantasmi incantati che si vanno formando dinnanzi a lui con tanta grazia, con tanta stravaganza, senza un limite, senza un confine, in un quadro così incantato, animato, dove in primo piano, come primo personaggio c'è, naturalmente, lui stesso, il nostro sognatore, la sua cara persona. Guardate quali svariate avventure, che sciame infinito di esaltate fantasie. Vi chiedete forse che cosa stia sognando? A che serve chiederlo? Egli sogna di tutto... sogna del ruolo del poeta, in un primo momento non riconosciuto, in seguito incoronato dal successo; di un'amicizia con Hoffman; della notte di

San Bartolomeo, di Diana Vernon, del ruolo eroico di Ivan Vasil'evič durante la presa di Kazan', di Clara Mowbray, Effie Deans, del concilio dei prelati con Hus dinnanzi a loro, della rivolta dei morti nel *Robert* (ricordate la musica? Ha odore di cimitero!), di Minna e Brenda, la battaglia della Berezina, la lettura di un poema alla contessa V.D., di Danton, *Cleopatra e i suoi amanti*,[2] la casetta presso Kolomna, il proprio cantuccio, e lì accanto una dolce creatura, che vi ascolta nelle sere d'inverno, schiudendo la boccuccia e gli occhietti, così come voi adesso mi state ascoltando, mio piccolo angioletto... No, Nasten'ka, che gliene importa a lui, che gliene importa a lui, al pigro sensuale, di quella vita che noi due desideriamo tanto? Lui pensa sia una vita povera, penosa, non indovinando che anche per lui, forse, un giorno o l'altro scoccherà un'ora mesta, quando per un solo giorno di questa vita penosa sarà pronto a dare tutti i suoi anni fantastici, e a darli non per la gioia, non per la felicità, e non vorrà nemmeno scegliere in quell'ora di tristezza, pentimento e dolore infinito. Ma fintanto che questo momento minaccioso non è scoccato, egli non desidera nulla, in quanto si ritrova al di sopra dei desideri, perché con lui c'è tutto, perché egli è sazio, perché egli stesso è l'artista della propria vita e se la crea ora dopo ora, secondo un nuovo arbitrio. E poi questo mondo da favola, fantastico, si crea con tale levità, con tale naturalezza! Come se tutto ciò non fosse affatto un fantasma! È vero, è pronto a credere in ogni istante che tutta questa vita non sia frutto dell'eccitazione dei sensi, non sia un miraggio, un inganno dell'immaginazione, ma che sia davvero reale, autentica, vera! Perché mai, ditemi, Nasten'ka, perché mai in simili momenti gli manca il respiro? Perché mai, per quale magia, per quale ignoto arbitrio il polso si fa più veloce, le lacrime zampillano dagli occhi del nostro sognatore, ardono le pallide guance inumidite, e tutta la sua esistenza si colma di un piacere irresistibile? Perché mai intere notti insonni trascorrono come un solo istante, in allegria e felicità inesauribili, e quando l'alba balena col suo raggio rosato alla finestra e l'aurora rischiara la camera cupa con la sua luce fantastica e incerta, come capita da noi, a Pietroburgo, il nostro sognatore, stremato, estenuato, si getta sul letto e s'assopisce, preda delle ansie dell'estasi del suo spirito morbosamente turbato e con un dolore così tormentosamente dolce nel cuore? Sì, Nasten'ka, uno si inganna, e senza volerlo può credere, dall'esterno, che una passione autentica, vera, gli agiti l'anima, senza volerlo crederai che ci sia qualcosa di vivo, di tangibile nelle sue fantasie incorporee! E invece quale inganno: ecco, per esempio, l'amore è calato nel suo petto con tutta la sua gioia inesauribile, con tutti i suoi penosi tormenti... Dategli anche solo un'occhiata, e ve ne convincerete! Credereste, guardandolo, dolce Nasten'ka, che egli in effetti non abbia mai conosciuto colei che ha amato nella sua frenetica fantasticheria? Possibile che si sia davvero limitato a vederla in alcuni fantasmi tentatori e che quella passione sia stata vissuta solo in sogno? Possibile che davvero non abbiano trascorso mano nella mano così tanti anni della loro vita, da soli, in due, dopo aver lasciato da parte il mondo intero e aver unito ciascuno il proprio mondo, la propria vita alla vita dell'altro? Possibile che non sia lei, nell'ora tarda, quando è giunto il momento della separazione, che non sia lei ad appoggiarsi al suo petto, singhiozzando e struggendosi, senza sentire la bufera che si va scatenando sotto un lugubre cielo, senza sentire il vento, che strappa le lacrime dalle sue ciglia nere e se le porta con sé? Possibile che tutto ciò sia stato un sogno, come pure questo giardino, tetro, trascurato e inselvatichito, con i viottoli coperti di muschio, solitario, cupo, dove così spesso avevano passeggiato insieme, s'erano confidati, struggendosi, avevano amato, s'erano amati così a lungo, 'così a lungo e con tale tenerezza'! E quella strana casa ancestrale nella quale ella aveva vissuto per così tanto tempo, sola e triste con il vecchio marito incupito, eternamente immerso nel silenzio e nell'amarezza, che li intimoriva come bambini intimiditi che, paurosi e tristi, si nascondevano a vicenda il reciproco amore? Come s'erano tormentati, come avevano temuto, com'era stato innocente e puro il loro amore e (questo è ovvio, Nasten'ka) com'era stata cattiva la gente! E, Dio mio, non era stata forse lei che aveva incontrato, in seguito, lontano dai lidi della propria patria, sotto un cielo straniero, meridionale, caldo, nella meravigliosa città eterna, nello sfavillio di un ballo, col fragore della musica, in un palazzo (senz'altro in un palazzo) sommerso da un mare di luci, su quel balcone inghirlandato di mirto e rose, dove lei, dopo averlo riconosciuto, si era tolta in tutta fretta la maschera e, dopo aver sussurrato: 'Sono libera', tremando, gli si era gettata tra le braccia, con un grido estatico, stringendosi l'uno all'altra, e in un solo istante avevano dimenticato tanto il dolore che la separazione, che tutti i tormenti, la casa tetra, il vecchio, il cupo giardino nella patria lontana, e la panchetta sulla quale, con un ultimo bacio appassionato, lei s'era strappata dalle sue braccia intorpidite da un disperato tormento... Oh, ammetterete, Nasten'ka, che si possa sobbalzare, confondersi e arrossire come uno scolaretto che si sia appena cacciato in tasca una mela rubata nel giardino lì accanto, quando un qualche giovanotto alto e robusto, un buontempone amante delle burle, un vostro conoscente che non avevate invitato, spalanca la vostra porta e grida come se nulla fosse: 'Io, amico mio, vengo dritto da Pavlovsk!'. Dio mio! Il vecchio conte è morto, si fa avanti una felicità indicibile, e qui c'è gente che arriva dritta da Pavlovsk!"

Tacqui patetico, una volta terminate le mie patetiche esclamazioni. Ricordo che avevo una terribile voglia di costringermi a ridere, perché già sentivo che in me s'andava risvegliando un demonietto ostile, già mi si contraeva la gola, mi si contraeva il mento e gli occhi mi si inumidivano sempre più... M'aspettavo che Nasten'ka, che mi stava ascoltando, spalancati gli occhietti intelligenti, si mettesse a ridere del suo riso infantile, irresistibilmente allegro, e già mi stavo pentendo per essere andato così oltre, per aver raccontato inutilmente quel che già da tempo mi s'era accumulato nel cuore, del quale potevo parlare come se leggessi un libro stampato perché già da tempo avevo preparato la sentenza su di me, e adesso non ero riuscito a trattenermi dal leggerla, dal confessare, senza aspettare che mi si potesse comprendere; ma, con mia grande sorpresa, lei tacque, poco dopo mi strinse appena la mano e con timida partecipazione chiese:

"Possibile che davvero abbiate trascorso in questo modo tutta la vostra vita?".

"Tutta la vita, Nasten'ka," risposi, "tutta la vita e, a quanto pare, così la porterò a termine!"

"No, questo non è possibile," disse lei inquieta, "questo non sarà; fosse così, dovrei passare tutta la mia vita accanto alla nonna. Ascoltate, lo sapete che non è affatto bene vivere in questo modo?"

"Lo so, Nasten'ka, lo so!" esclamai, non riuscendo a trattenere oltre il mio sentimento. "E adesso so come non mai che ho perso invano tutti i miei anni migliori! Adesso lo so, e questa consapevolezza mi dà ancor più dolore, perché Iddio stesso mi ha mandato voi, mio angelo buono, per dirmelo e dimostrarmelo. Adesso, mentre siedo accanto a voi e vi parlo, provo terrore al pensiero del futuro, perché nel futuro ci sarà di nuovo la solitudine, di nuovo tutta quell'inutile vita ammuffita; non avrò nulla da sognare quando già nella realtà sono stato così felice accanto a voi! Oh, siate benedetta, voi, dolce fanciulla, per non avermi respinto fin dalla prima volta, per il fatto che io già possa dire di aver vissuto almeno due sere della mia vita!"

"Oh, no, no!" esclamò Nasten'ka, e nei suoi occhi brillarono piccole lacrime, "no, non sarà più così: non sarà così che ci lasceremo! Che cosa sono due sere?"

"Oh, Nasten'ka, Nasten'ka! Ma sapete per quanto tempo m'avete rappacificato con me stesso? Sapete che ormai non penserò più così male di me come facevo in certi momenti? Sapete che io, forse, già non mi struggerò più per aver commesso crimini e peccati nella mia vita, perché è una vita così a essere un crimine e un peccato? E non dovete pensare che abbia esagerato qualcosa, in nome di Dio, non pensatelo, Nasten'ka, perché a volte vivo momenti di tale angoscia, di tale angoscia... Perché già mi comincia a sembrare in questi momenti che non sarò mai in grado di cominciare a vivere una vita autentica; perché mi è già sembrato di aver perso qualsiasi percezione, qualsiasi istinto per ciò che è autentico, reale; perché, infine, mi sono maledetto; perché dopo le mie notti fantastiche mi ritrovo a vivere momenti di ritorno alla lucidità, che sono terribili! Nel frattempo senti come, tutt'attorno a te, vortica e rumoreggia nel turbine della vita la folla degli uomini, senti, vedi come vive la gente, come vive in realtà, vedi che per loro la vita non è proibita, che la loro vita non se ne vola via come un sogno, come una visione, che la loro vita eternamente si rinnova, che è eternamente giovane, e non una sola delle sue ore assomiglia a un'altra, quando invece malinconica e monotona fino alla trivialità è la timida fantasticheria, schiava dell'ombra, dell'idea, schiava della prima nube che improvvisa offusca il sole e serra con l'angoscia l'autentico cuore pietroburghese, che tanto caro ha il proprio sole. Che fantasia può mai esserci quando si è preda di una simile angoscia! Senti che alla fine questa fantasia *inesauribile* si stancherà, si esaurirà nell'eterna tensione, perché stai diventando grande, ti stai allontanando dai tuoi ideali di un tempo: essi si riducono in polvere, in frantumi; se non esiste dunque un'altra vita, da questi stessi frantumi toccherà ricostruirla. E nel frattempo l'anima vuole e invoca qualcosa d'altro! E invano il sognatore fruga, come nella cenere, tra i suoi vecchi sogni, cercando in quella cenere foss'anche solo una scintilla per ravvivarla, per riscaldare con un fuoco rinnovato il cuore che si va raffreddando e tornare a farvi risorgere tutto quel che prima era tanto caro, toccava l'anima, faceva ribollire il sangue, strappava le lacrime dagli occhi e ingannava con tanto sfarzo! Sapete, Nasten'ka, fino a che punto sono giunto? Sapete che sono già costretto a festeggiare l'anniversario delle mie sensazioni, l'anniversario di ciò che prima era così caro, di ciò che in sostanza non era mai accaduto, perché un anniversario del genere si festeggia proprio per quegli sciocchi sogni incorporei, e che faccio ciò perché neanche quei sogni sciocchi esistono più, in quanto non c'è nulla che permetta loro di sopravvivere: anche i sogni hanno bisogno di qualcosa che dia loro la vita! Sapete che adesso io amo rammentare e visitare, a date stabilite, i luoghi dove a modo mio sono stato felice un tempo, amo costruire il mio presente in accordo con un passato ormai senza ritorno, e spesso vago come un'ombra, senza bisogno e senza scopo, malinconico e triste per le vie e le viuzze di Pietroburgo. Come sono tutte fonte di ricordi! Mi sovviene, per esempio, che proprio qui, esattamente un anno fa, esattamente in questo stesso periodo, a questa stessa ora, lungo questo stesso marciapiede vagavo allo stesso modo, solo, malinconico proprio come adesso! E mi sovviene che anche allora i sogni erano tristi, sebbene anche in precedenza non fosse meglio, ma comunque in qualche modo ti rendi conto che tuttavia vivere era più lieve, e più tranquillo, che non c'erano questi pensieri neri che adesso mi si sono attaccati addosso; che non c'erano questi rimorsi di coscienza, rimorsi tetri, cupi, che adesso non danno pace né di giorno né di notte. E ti domandi: 'Dove sono finiti i tuoi sogni?'. E scrolli il capo, dici: 'Come volano rapidi gli anni!'. E torni nuovamente a chiederti: 'Che ne hai mai fatto dei tuoi anni? Dove hai sepolto il tuo tempo migliore? Hai vissuto oppure no?'. 'Guarda,' ti dici, 'guarda come al mondo si sta facendo freddo. Trascorreranno ancora gli anni, e dietro a loro giungerà una cupa solitudine, giungerà la vecchia tremante con la sua gruccia, seguita da angoscia e scoramento. Impallidirà il tuo mondo fantastico, dileguaranno, sprofonderanno i tuoi sogni e cadranno come foglie ingiallite dagli alberi...' Oh, Nasten'ka! Sarà ben triste ritrovarsi da solo, davvero solo, e non avere nemmeno qualcosa di cui lamentarsi, nulla, assolutamente nulla... poiché tutto quello che è andato perduto, tutto ciò era nulla, era uno sciocco zero perfetto, era soltanto un'unica fantasticheria!"

"Ah, basta cercare di muovermi a compassione!" disse Nasten'ka, asciugandosi una lacrimuccia che le era sgorgata dagli occhi. "Adesso è finita! Adesso saremo in due: adesso, qualsiasi cosa mi accada, non ci separeremo mai! Ascoltate: sono una ragazza semplice, ho poca istruzione, anche se la nonna aveva assunto un insegnante; ma, davvero, io vi comprendo, perché tutto quello che mi avete adesso raccontato io stessa l'ho vissuto quando la nonna mi ha attaccata con la spilla alla sua veste. Certo, non l'avrei raccontato bene come avete fatto voi, io non ho studiato," soggiunse timida, perché continuava a provare una sorta di rispetto nei confronti del mio patetico discorso e del mio eloquio elevato, "ma sono molto contenta che voï vi siate confidato completamente con me. Adesso vi conosco completamente, adesso so tutto di voi. E sapete una cosa? Voglio anch'io raccontarvi la mia storia, tutta, senza tener nulla nascosto, e poi voi mi darete un consiglio. Siete un uomo molto saggio; mi promettete che mi darete un consiglio?"

"Ah, Nasten'ka," le risposi, "non sono mai stato un consigliere, né tantomeno un saggio consigliere, ma adesso vedo che se noi vivremo sempre a questo modo, allora sarà cosa molto saggia, e ci daremo a vicenda molti saggi consigli! Allora, mia carissima Nasten'ka, che consiglio vi occorre? Ditemelo francamente; adesso sono così allegro, felice, audace e saggio, che non mi sarà difficile trovare le parole."

"No, no!" mi interruppe Nasten'ka, mettendosi a ridere, "non mi serve un consiglio saggio, mi serve un consiglio sincero, fraterno, come se per tutta la vostra vita voi mi aveste amata!"

"Sarà così, Nasten'ka, sarà così," esclamai in preda all'estasi, "e se vi amassi già da vent'anni, comunque non vi potrei amare più intensamente di adesso!"

"Datemi la mano!" disse Nasten'ka.

"Eccola!" risposi, porgendogliela.

"E allora cominciamo la mia storia!"

STORIA DI NASTEN'KA

"Metà della storia già la sapete, ovvero sapete che ho una vecchia nonna..."

"Se l'altra metà è corta tanto quanto questa..." l'interruppi, ridendo.

"State zitto e ascoltate. Innanzitutto un patto: non interrompetemi, altrimenti mi potrei confondere. E ascoltate tranquillo.

"Ho una vecchia nonna. Sono finita da lei quando ero una ragazzina ancora molto piccola, perché mi sono morti la madre e il padre. Vien da pensare che un tempo la nonna fosse stata più ricca, perché ancora adesso rammenta i giorni migliori. Mi ha insegnato il francese, e poi mi ha preso un insegnante. Quando avevo quindici anni (adesso ne ho diciassette) la mia istruzione è giunta a conclusione. E fu proprio a quel tempo che feci la monella; quel che combinai allora non ve lo dirò; sia sufficiente sapere che la colpa non fu poi così grave. Solo che una mattina la nonna mi chiamò a sé e mi disse che, siccome era cieca, non poteva sorvegliarmi, prese la spilla e attaccò il mio vestito al suo, e poi ebbe a dire che così avremmo vissuto tutta la vita se, s'intende, non mi fossi comportata meglio. Per farla breve, in un primo tempo non era in alcun modo possibile allontanarsi da lei: e lavorare, e leggere, e studiare, tutto accanto alla nonna. Una volta provai a fare la furba e convinsi Fëkla a seder lì al posto mio. Fëkla è la nostra domestica, ed è sorda. Fëkla si mise lì al posto mio; in quel mentre la nonna s'era appisolata in poltrona, e io me ne andai poco lontano, da un'amica. Ma la cosa finì male. La nonna si svegliò senza che io fossi lì, domandò qualcosa pensando che io me ne stessi seduta tranquilla al mio posto. Fëkla vide che la nonna stava facendo una domanda, ma non sentì a proposito di cosa fosse, si mise a pensare, pensare che cosa fare, sganciò la spilla e si diede a correre..."

A questo punto Nasten'ka s'interruppe e si mise a ridere. Io risi assieme a lei. Subito si trattenne.

"Ascoltate, non dovete ridere della nonna. Sono io che rido, perché è comico... Che fare quando si ha una nonna del genere, solo che io comunque un po' di bene gliene voglio. E quella volta mi presi una bella lavata di capo: subito mi toccò ritornare al mio posto e a quel punto c'era poco da muoversi.

"Già, mi sono ancora dimenticata di dirvi che noi, ovvero che la nonna, ha una casa sua, ovvero una casetta piccola, con solo tre finestre, tutta di legno, e vecchia tanto quanto la nonna; e nella parte superiore c'è un mezzanino; ed ecco che nel nostro mezzanino venne ad abitare un nuovo inquilino..."

"Quindi ce n'era stato uno prima?" osservai di sfuggita.

"Certo, c'era stato," rispose Nasten'ka, "e sapeva starsene zitto meglio di voi. Davvero, era appena in grado di muovere la lingua. Era un vecchietto, secco, muto, cieco, zoppo, di modo che alla fine non gli fu più possibile vivere a questo mondo, e morì; e per questo fu necessario un nuovo inquilino, perché noi senza inquilino non possiamo vivere; assieme alla pensione della nonna l'affitto costituisce quasi tutto il nostro reddito. Come a farlo apposta, il nuovo inquilino era un giovanotto, non era di queste parti, era di passaggio. Siccome non si mise a mercanteggiare, la nonna lo accolse, e solo in seguito chiese: 'Allora, Nasten'ka, il nostro inquilino è giovane o vecchio?'. Io non volevo mentire: 'Ma, così,' dico, 'nonna, non è del tutto giovane, e non è nemmeno vecchio'. 'Ah, e d'aspetto è piacevole?' chiede la nonna.

"Di nuovo non voglio mentirle. 'Sì,' dico, 'd'aspetto è piacevole, nonna!' E la nonna dice: 'Ah! Che castigo, che castigo! Te lo dico, nipotina, affinché tu non abbia a sgranargli gli occhi addosso. Che tempi sono mai questi! Ti capita un inquilino da poco, e per di più è piacevole d'aspetto: non accadevano cose del genere nei tempi andati!'.

"E la nonna non fa che parlare dei tempi andati! E nei tempi andati lei era più giovane, e nei tempi andati il sole era più caldo, e la panna nei tempi andati non s'inacidiva così in fretta, tutto ciò accadeva nei tempi andati! E io me ne sto seduta, e taccio, e intanto penso tra me: 'Com'è che la nonna mi suggerisce lei stessa certe cose, mi domanda se l'inquilino è bello, è giovane?'. Ma non feci in tempo a pensarlo che subito mi rimisi a contare le maglie, a fare la calza, e poi me ne dimenticai del tutto.

"Ed ecco che una volta, di mattina, l'inquilino viene da noi a informarsi della promessa che gli era stata fatta di tappezzare la stanza. Una parola tira l'altra, la nonna è chiacchierona, e dice: 'Nasten'ka, fa' un salto in camera mia, porta il pallottoliere'. Saltai subito su, arrossendo tutta senza sapere il perché, e intanto mi dimenticai di essere cucita a lei; e invece di sganciare la spilla di nascosto, affinché l'inquilino non se n'accorgesse, partii di slancio, di modo che anche la poltrona della nonna se ne partì dietro di me. Come vidi che adesso l'inquilino aveva scoperto tutto, arrossii, rimasi impalata dov'ero e all'improvviso mi misi a piangere, provando un'amarezza e una vergogna tali in quel momento da non saper dove volgere gli occhi! La nonna grida: 'Che hai da star lì impalata?' e io giù a piangere... Come l'inquilino vide che provavo una tale vergogna, prese congedo e subito se ne andò!

"Da quel momento appena sentivo un fruscio nell'andito, ero come morta! 'Ecco,' pensavo, 'arriva l'inquilino, per ogni evenienza pian pianino sgancio la spilla.' Solo che non era mai lui, non veniva. Trascorsero due settimane; l'inquilino manda a dire per mezzo di Fëkla che ha molti libri francesi, e che sono tutti buoni libri, di modo che si possono leggere; non vorrebbe quindi la nonna che io glieli leggessi, in modo da non annoiarsi? La nonna accettò con gratitudine, continuava solo a chiedere se i libri fossero o meno morali, perché se i libri fossero stati immorali, 'Allora tu,' diceva, 'Nasten'ka, non li potresti leggere, impareresti cose brutte'.

"'E che potrei mai imparare, nonna? Che ci può essere scritto?'

"'Ah!' diceva, 'c'è scritto come i giovanotti seducono le fanciulle costumate, come, con la scusa di volersele sposare, le portano via dalla casa dei genitori, di come poi abbandonano queste disgraziate fanciulle all'arbitrio del destino e come queste soccombono nel modo più penoso. Io,' diceva la nonna, 'ne ho letti molti di libretti del genere, e tutto è scritto in modo così bello che te ne stai su tutta la notte, a leggere zitta zitta. Così tu,' diceva, 'Nasten'ka, sta' attenta, e non li leggere. Che libri ci ha mandato?' chiese.

"'Sono tutti romanzi di Walter Scott, nonna.'

"'Romanzi di Walter Scott! Ma aspetta un po', non ci sarà qualche intrigo? Da' un'occhiata se per caso non ci ha infilato dentro qualche bigliettino amoroso.'

"'No, nonna,' le dico, 'non ci sono biglietti.'

"'E tu da' un'occhiata sotto alla copertina; a volte li infilano anche dentro alla rilegatura, briganti!"

"'No, nonna, non c'è nulla nemmeno sotto la rilegatura.'

"'Va bene, allora!'

"E così cominciammo a leggere Walter Scott, e in nemmeno un mese ne avevamo letto quasi la metà. Poi lui continuò a mandarne, mandò Puškin, di modo che alla fine non potevo nemmeno più vivere senza libri, e smisi di pensare a come sposare un principe della Cina.

"Così stavano le cose quando una volta mi capitò d'incontrare il nostro inquilino sulle scale. La nonna mi aveva mandata a prendere qualcosa. Lui si fermò, io arrossii, e anche lui arrossì; tuttavia si mise a ridere, mi salutò, s'informò della salute della nonna e disse: 'Allora, li avete letti i libri?'. Risposi: 'Li ho letti'. 'E quale vi è piaciuto di più?' chiese. E io gli risposi: '*Ivanhoe* e Puškin son quelli che più mi sono piaciuti'. E quella volta tutto finì lì.

"Una settimana più tardi di nuovo lo incrociai sulle scale. Questa volta non era stata la nonna a mandarmi, ma io stessa avevo avuto bisogno di uscire per cose mie. Erano le due passate, e a quell'ora l'inquilino faceva ritorno a casa.

"'Salve!' dice. E io, di rimando: 'Salve!'.

"'E allora,' dice, 'non vi annoiate a starvene tutto il giorno seduta accanto alla nonna?'

"Non aveva fatto in tempo a chiedermelo che io, non ne so proprio il perché, ero arrossita, m'ero tutta confusa e avevo provato rammarico, visto che anche degli estranei cominciavano a pormi domande al riguardo. Avrei voluto andarmene senza rispondere, ma me ne mancarono le forze.

"'Ascoltate,' dice, 'siete una brava ragazza! Scusatemi se vi parlo a questo modo, ma voglio il vostro bene più di vostra nonna. Non avete nessuna amica dalla quale potreste andare in visita?'

"Gli risposi che non ne avevo nessuna, che ce n'era stata una, Mašen'ka, ma che poi se n'era andata a Pskov.

"'Ascoltate,' mi fa, 'vorreste venire a teatro con me?'

"'A teatro? E come si fa con la nonna?'

"'Ma voi, dice, 'di nascosto dalla nonna...'

"'No,' gli faccio, 'non voglio ingannare la nonna. Addio!'

"'D'accordo, addio,' disse, e non aggiunse altro.

"Solo che dopo pranzo venne a trovarci; s'accomodò, conversò a lungo con la nonna, si informò se andasse mai da qualche parte, se avesse dei conoscenti, e all'improvviso disse: 'Quest'oggi ho preso un palco all'opera, danno *Il barbiere di Siviglia*, ci volevano andare dei conoscenti, ma poi hanno rinunciato, e mi è rimasto il biglietto'.

"'*Il barbiere di Siviglia!*' esclamò la nonna, "ma si tratta di quello stesso *Barbiere* che davano nei tempi andati?'

"'Ma certo, quello stesso *Barbiere*,' e intanto mi gettò un'occhiata. Ma io avevo già capito tutto, ero arrossita, e il cuore m'era balzato in gola per l'attesa!

"'Come non conoscere quest'opera,' disse la nonna. 'Io stessa in passato ho recitato la parte di Rosina nel nostro teatro di famiglia!'

"'E non ci vorreste venire oggi?' chiese l'inquilino. 'Il biglietto andrebbe comunque perduto.'

"'Ma sì, ci si potrebbe andare,' disse la nonna, 'perché no? E poi Nasten'ka non è mai stata a teatro.'

"Dio mio, che gioia! Subito ci preparammo, ci abbigliammo e ci avviammo. Per quanto la nonna fosse cieca, voleva comunque ascoltare la musica e, oltre a ciò, era una buona vecchietta; voleva farmi divertire un poco, da sole non ci saremmo mai andate. Non starò a dirvi l'impressione che mi fece *Il barbiere di Siviglia*, dirò solo che per tutta la sera il nostro inquilino mi guardò in modo tale, mi parlò in modo tale che subito m'accorsi che al mattino aveva voluto mettermi alla prova proponendomi di andare a teatro sola con lui. Che gioia! Andai a dormire così piena d'orgoglio, così allegra, col cuore che batteva in modo tale che mi venne un attacco di febbre e per tutta la notte delirai ripensando al *Barbiere di Siviglia*.

"Pensavo che dopo tutto ciò sarebbe venuto a trovarci sempre più spesso, ma così non fu. Smise anzi quasi completamente. Così capitava che facesse un salto una volta al mese, e anche in questo caso solo per invitarci a teatro. In seguito ci andammo di nuovo, un paio di volte. Solo che ormai ne ero completamente insoddisfatta. Vedevo che gli facevo semplicemente pena perché con la nonna ero come chiusa in un recinto, ma nulla più. Col passare del tempo, mi prese qualcosa che non capivo: non mi riusciva più di stare seduta, non mi riusciva più di leggere, non mi riusciva più di lavorare, a volte mi mettevo a ridere e facevo qualcosa alla nonna per ripicca, altre volte mi mettevo a piangere, semplicemente. Alla fine persi di peso, e ci mancò poco mi ammalassi. La stagione dell'opera passò, e l'inquilino smise del tutto di venirci a trovare; quando ci incontravamo, sempre su quelle stesse scale, s'intende, mi rivolgeva un inchino senza dire una parola, con una tale serietà, come se nemmeno mi volesse parlare, e subito se ne scendeva verso il terrazzino d'ingresso mentre io me ne stavo ancora a metà della scala, rossa come una ciliegia, perché quando lo incontravo tutto il sangue m'andava alla testa.

"E adesso si è arrivati alla fine. Esattamente un anno fa, nel mese di maggio, l'inquilino ci venne a trovare e disse alla nonna che aveva concluso i suoi affari quaggiù, e che se ne doveva ritornare a Mosca per un anno. Come udii queste parole impallidii e caddi come morta sulla sedia. La nonna non s'accorse di nulla, e lui, dopo aver comunicato che ci lasciava, ci rivolse un inchino e se ne andò.

"Che potevo fare? Pensai, pensai, m'angosciai, m'angosciai, e alla fine giunsi a una decisione. Il giorno dopo lui sarebbe partito, e io decisi che avrei concluso ogni cosa quella sera, quando la nonna se ne fosse andata a dormire. E così fu. Raccolsi in un fagottino tutti i miei vestiti, la biancheria che mi poteva servire, e col fagottino tra le mani, più morta che viva, salii al mezzanino, dove alloggiava il nostro inquilino. Credo d'averci messo un'ora a salire le scale. Quando infine aprii la sua porta, egli mandò un grido, vedendomi. Pensò che fossi un'apparizione, e si precipitò per porgermi dell'acqua, perché io riuscivo a stento a reggermi in piedi. Il cuore batteva con tanta forza che mi faceva male la testa, e la mia ragione era ottenebrata. Quando poi mi ripresi, per prima cosa deposi il fagottino sul letto, mi ci sedetti accanto, mi coprii il volto con le mani e mi misi a piangere come una vite tagliata. Per quanto fu dato a vedere, egli comprese tutto in un istante e, pallido in volto, mi si mise accanto, e mi guardava con una tale tristezza che mi si lacerava il cuore.

"'Ascoltate,' esordì, 'ascoltate, Nasten'ka, non posso fare nulla; sono povero, al momento non posseggo alcunché, nemmeno un impiego come si deve; come vivremmo se ci dovessimo sposare?'

"Parlammo a lungo, ma alla fine mi infuriai, dissi che non potevo vivere con la nonna, che sarei scappata, che mi avevano attaccata con una spilla e che io, lo volesse o meno, sarei andata a Mosca assieme a lui, perché senza di lui mi era impossibile vivere. La vergogna, l'amore, l'orgoglio: tutto, assieme, parlava in me, e quasi in preda agli spasimi mi abbattei sul letto. Avevo una tal paura di ricevere un rifiuto!

"Per alcuni minuti egli rimase seduto in silenzio, quindi si alzò, si avvicinò e mi prese per mano.

"'Ascoltate, mia buona, mia dolce Nasten'ka!' cominciò, anche lui tra le lacrime, 'ascoltate. Vi giuro che se in un qualche momento sarò in condizione di sposarmi, voi sarete immancabilmente la mia felicità; vi assicuro che adesso voi sola potete essere la mia felicità. Ascoltate: andrò a Mosca, e mi ci tratterrò un anno esatto. Spero di sistemare la mia situazione. Quando farò ritorno, e se voi non avrete cessato di amarmi, vi giuro che saremo felici. Adesso invece è impossibile, non posso, non ho nemmeno il diritto di promettervi una qualsiasi cosa. Ma, lo ripeto, se tra un anno ciò non dovesse realizzarsi, si realizzerà di sicuro in un altro momento; nel caso, ovviamente, che voi non abbiate preferito un altro a me, perché non posso e non oso legarvi al mio destino con una qualsiasi parola.'

"Ecco quel che mi disse, e il giorno successivo se ne andò. Si stabilì di non dire nemmeno una parola alla nonna. Tale fu la sua volontà. Ed ecco che tutta la mia storia è quasi finita. È trascorso un anno esatto. Lui è arrivato, è qui da tre giorni interi e, e..."

"E cosa?" esclamai, impaziente di conoscere la conclusione.

"E fino a ora non s'è fatto vivo!" rispose Nasten'ka, come se dovesse raccogliere le forze, "nemmeno il minimo segno di vita."

Qui si fermò, tacque un poco, abbassò la testa e all'improvviso, coprendosi il volto con le mani, si mise a singhiozzare in modo tale che per quei singhiozzi il cuore mi si stravolse.

Non mi sarei mai aspettato una conclusione del genere.

"Nasten'ka!" cominciai con voce timida e insinuante, "Nasten'ka! In nome di Dio, non piangete! Perché dite di saperlo? Forse ancora non è arrivato..."

"È qui, è qui!" continuò Nasten'ka. "È qui, lo so. Avevamo un patto, fin da allora, da quella sera, alla vigilia della partenza: dopo esserci detti tutto quello che vi ho raccontato ed esserci messi d'accordo, uscimmo a passeggiare proprio qui, su questo lungofiume. Erano le dieci; ci sedemmo su questa panchina; io già più non piangevo, era dolce ascoltare quel che m'andava dicendo... Diceva che subito dopo il suo arrivo sarebbe venuto da noi e, se io non l'avessi respinto, avremmo raccontato tutto quanto alla nonna. Adesso è arrivato, io lo so, e lui non c'è, non c'è!"

E di nuovo scoppiò in pianto.

"Dio mio! Possibile che non ci sia modo di alleviare questo dolore?" esclamai, alzandomi con un balzo dalla panchina in preda a un'autentica disperazione. "Ditemi, Nasten'ka, non potrei forse andare da lui?..."

"Sarebbe forse possibile?" disse lei, alzando all'improvviso la testa.

"No, s'intende, no!" osservai, riprendendomi. "Ma ecco cosa si farà: scrivetegli una lettera."

"No, questo è impossibile, non lo si può fare!" rispose lei con decisione, ma già dopo aver abbassato la testa, e senza guardarmi.

"Come sarebbe non si può? Perché non si può?" continuai, aggrappandomi alla mia idea. "Sapete,

Nasten'ka, dipende di che lettera si tratta! Ci sono lettere e lettere e... Ah, Nasten'ka, dev'essere così! Fidatevi di me, fidatevi! Non vi darei mai un cattivo consiglio. Può essere tutto sistemato! Avete fatto voi il primo passo, perché quindi adesso..."

"Non è possibile, non è possibile! Sarebbe come se mi volessi imporre a lui..."

"Ah, mia carissima Nasten'ka!" la interruppi, senza cercare di nascondere un sorriso, "nient'affatto, no; voi avete tutto il diritto di farlo, perché lui vi ha fatto una promessa. E da ogni cosa vedo che si tratta di un uomo delicato, che si è comportato bene," continuai, entusiasmandomi sempre più per la logica delle mie deduzioni ed esortazioni. "Come s'è comportato? S'è legato con una promessa. Ha detto che, se mai si fosse sposato, non l'avrebbe fatto che con voi; e a voi ha lasciato la piena libertà di rifiutarlo anche subito... In un caso del genere voi potete fare il primo passo, ne avete il diritto, se volete su di lui avete il vantaggio, per esempio, di scioglierlo dalla parola data..."

"Ascoltate, voi come la scrivereste?"

"Che cosa?"

"Ma questa lettera."

"Ecco come scriverei: 'Egregio signore...'."

"Deve assolutamente esserci questo 'Egregio signore'?"

"Assolutamente! D'altronde, perché poi? Io penso..."

"Su, su! Avanti!"

"'Egregio signore!

"'Scusate se io...' D'altronde no, non occorre scusarsi di nulla! Il fatto stesso giustifica ogni cosa, scrivete semplicemente:

"'Io vi scrivo. Perdonate la mia impazienza; ma per un anno intero sono stata felice grazie alla speranza; sono forse colpevole per non saper adesso sopportare nemmeno un giorno di dubbio? Adesso che ormai siete giunto, forse avete mutato le vostre intenzioni. Allora questa lettera vi dirà che io non vi biasimo e non vi addosso alcuna colpa. Non vi addosso alcuna colpa perché non ho potere sul vostro cuore; tale ormai è la mia sorte!

"'Siete un uomo d'animo nobile. Non sorriderete e non vi risentirete per queste mie righe impazienti. Rammentate che a scriverle è una povera ragazza, che è sola, che non ha nessuno che le insegni, che la consigli, e che lei stessa non ha mai saputo dominare il proprio cuore. Ma scusatemi se nell'anima mia anche per un solo istante s'è insinuato il dubbio. Voi non siete capace di offendere nemmeno col pensiero colei che tanto vi ha amato e v'ama'."

"Sì, sì! È proprio quello che pensavo!" esclamò Nasten'ka, e la gioia brillò nei suoi occhi. "Oh! Voi avete risolto i miei dubbi, è stato Dio stesso a mandarvi a me! Vi ringrazio, vi ringrazio!"

"Per cosa? Per il fatto che Dio mi ha mandato a voi?" risposi, guardando estasiato il suo visino colmo di gioia.

"Sì, anche per questo."

"Ah, Nasten'ka! Ringraziamo forse gli altri per essere vivi assieme a noi? Sono io che vi ringrazio per avermi incontrato, per il fatto che per tutta la mia vita mi ricorderò di voi!"

"Su, basta, basta! Ma adesso ascoltate; c'era stato un patto, che appena sarebbe arrivato mi avrebbe fatto avere sue notizie lasciando una lettera in un certo posto, presso certi miei conoscenti, delle persone brave e semplici, che non sanno nulla di tutta questa storia; oppure che, se non avesse potuto scrivermi una lettera in quanto in una lettera non è possibile raccontare ogni cosa, allora il giorno stesso del suo arrivo sarebbe stato qui alle dieci in punto, nel luogo in cui avevamo pensato di incontrarci. Io so che è già arrivato: ma ormai è già il terzo giorno senza lettera e senza di lui. La mattina mi è impossibile allontanarmi dalla nonna. Consegnate voi stesso domani la mia lettera a quelle brave persone di cui vi ho parlato:

loro la manderanno e, se ci sarà una risposta, me la porterete voi stesso la sera, alle dieci."

"Ma la lettera, la lettera! Prima bisogna ben scrivere la lettera! Così forse tutto sarà fatto per dopodomani."

"La lettera..." rispose Nasten'ka, confondendosi un poco, "la lettera... ma..."

Non portò a termine la frase. Iniziò col distogliere da me il visino, arrossì come una rosa, e all'improvviso avvertii nella mia mano la presenza di una lettera, evidentemente già scritta da tempo, del tutto pronta e sigillata. Che ricordo ben noto, dolce, grazioso mi passò per la testa!

"*Ro-Ro, si-si, na-na,*" cominciai.

"*Rosina!*" intonammo entrambi, io sul punto d'abbracciarla per l'entusiasmo, lei arrossendo, come solo lei sapeva fare, e ridendo tra le lacrime che, come piccole perle, le tremavano sulle ciglia nere.

"Su, basta, basta! Addio per ora!" disse lei in tutta fretta. "Eccovi la lettera, eccovi anche l'indirizzo dove portarla. Addio! Arrivederci! A domani!"

Mi strinse con forza entrambe le mani, fece un cenno col capo e sfrecciò via, nel suo vicolo. A lungo rimasi fermo dov'ero, accompagnandola con lo sguardo.

"A domani! A domani!" mi passò per la testa quando lei scomparve ai miei occhi.

Notte terza

Oggi è stato un giorno mesto, piovoso, senza schiarite, in tutto simile alla mia futura vecchiaia. Mi assillano strani pensieri, oscure sensazioni, questioni ancora poco definite s'affollano nella mia testa, ed è come non ci fossero né le forze né la volontà di trovarvi una soluzione. Non sta a me risolvere tutto ciò!

Oggi non ci vedremo. Ieri, mentre ci stavamo salutando, le nuvole avevano cominciato a velare il cielo e s'era alzata la nebbia. Le dissi che domani sarebbe stata una brutta giornata; lei non rispose, non voleva contraddirsi: per lei quella giornata sarebbe stata chiara e luminosa, e nemmeno una nuvoletta avrebbe offuscato la sua felicità.

"Se pioverà non ci incontreremo!" disse. "Io non verrò."

Pensavo che nemmeno avrebbe notato la pioggia odierna, e intanto non è venuta. Ieri c'è stato il nostro terzo incontro, la nostra terza notte bianca...

Tuttavia, come rendono sublime l'uomo la gioia e la felicità! Come ribolle d'amore il cuore! Pare si voglia riversare tutto il proprio cuore nel cuore altrui, si voglia che tutto sia allegro, che tutto s'abbandoni al riso. E com'è contagiosa questa gioia! Ieri nelle sue parole c'era una tale tenerezza, e nel suo cuore una tale bontà nei miei confronti... Come si prendeva cura di me, come mi adulava, come incoraggiava e vezzeggiava il mio cuore! Oh, quanta civetteria viene dalla felicità! E io... prendevo tutto per moneta sonante; io pensavo che lei...

Ma, Dio mio, come ho potuto pensarlo? Come ho potuto essere così cieco quando tutto era già stato preso da un altro, quando tutto non era già più mio? Quando, infine, persino quella stessa tenerezza di lei, la sua preoccupazione, il suo amore... sì, il suo amore per me, altro non era che la gioia di un imminente incontro con un altro, il desiderio di imporre anche a me la sua felicità?... Quando egli non venne, quando lo attendemmo invano, lei si rabbuiò, si intimorì e il coraggio le venne meno. Tutti i suoi movimenti, tutte le parole non erano già più lievi, giocose e liete. E, cosa strana, raddoppiò le sue attenzioni nei miei confronti, come se istintivamente desiderasse riversare su di me quel che lei stessa si augurava, quello di cui lei stessa aveva paura; che la cosa non avesse ad avverarsi. La mia Nasten'ka s'era così intimidita, così spaventata che, a quanto pareva, aveva capito alla fine che io l'amavo, e aveva avuto pietà del mio povero amore. Così, quando siamo infelici, sentiamo in modo più profondo l'infelicità altrui: il sentimento non si frantuma, ma tende a concentrarsi...

Giunsi da lei col cuore colmo e quasi faticai ad attendere il nostro incontro. Non presentivo quel che ora avrei provato, non presentivo che tutto sarebbe finito a quel modo. Lei emanava gioia, lei attendeva la risposta. La risposta era lui in persona. Lui doveva venire, accorrere alla sua chiamata. Era arrivata un'ora intera prima di me. Dapprincipio rideva d'ogni cosa, sorrideva a ogni mia parola. Cominciai a parlare, e poi tacqui.

"Lo sapete perché sono così contenta?" disse. "Così contenta di vedervi? Perché quest'oggi vi amo tanto?"

"Allora?" domandai, e il mio cuore prese a fremere.

"Vi amo perché non vi siete innamorato di me. Un altro, al posto vostro, avrebbe cominciato a infastidirmi, a importunare, a lamentarsi, si sarebbe ammalato, mentre voi siete così caro!"

A questo punto mi strinse talmente la mano che ci mancò poco lanciassi un grido. Lei si mise a ridere.

"Dio! Che amico siete!" ricominciò dopo un attimo, con grande serietà, "È stato proprio Dio a mandarvi a me! Che sarebbe di me se adesso non vi avessi accanto? Come siete altruista! Come mi sapete amare! Quando mi sposerò saremo molto amici, più che fratelli. Vi amerò quasi quanto amo lui..."

In quell'istante per un qualche motivo provai una gran tristezza; tuttavia qualcosa che assomigliava al riso prese a muoversi nell'anima mia.

"Voi siete davvero sconvolta," dissi, "avete paura, pensate che non verrà."

"Dio non voglia!" rispose, "se non fossi così contenta mi metterei a piangere per la vostra sfiducia, per i vostri rimproveri. D'altronde voi m'avete portata a riflettere, e m'avete dato motivo di meditare a lungo; ma ci penserò in seguito, mentre adesso vi confesso che state dicendo la verità. Sì! È come se non fossi in me; è come se fossi tutta in attesa, e sento ogni

54

cosa in modo come troppo superficiale. Ma basta così, smettiamo di parlare di sentimenti!..."

In quel mentre s'udirono dei passi, e nel buio apparve un passante che si stava dirigendo verso di noi. Entrambi fummo presi da un tremito; ci mancò poco che lei desse in un grido. Le lasciai la mano e feci un movimento come se intendessi allontanarmi. Ma c'eravamo ingannati: non era lui.

"Di cosa avete paura? Perché avete lasciato la mia mano?" chiese, porgendomela di nuovo. "Che c'è? Lo incontreremo insieme. Voglio che veda quanto ci amiamo."

"Quanto ci amiamo!" esclamai.

"Oh, Nasten'ka, Nasten'ka!" pensai, "quanto hai detto con questa parola! Per un simile amore in un'*altra* ora il cuore raggelerebbe e l'anima ne sarebbe oppressa. La tua mano è fredda, la mia ardente come il fuoco. Come sei cieca, Nasten'ka!... Oh! Com'è insopportabile in certi momenti l'uomo felice! Ma io non potevo arrabbiarmi con te!"

Alla fine il mio cuore traboccò.

"Ascoltate, Nasten'ka!" esclamai. "Sapete che cosa ho fatto tutto il giorno?"

"Che cosa? Raccontate, in fretta! Che avete avuto da starvene zitto fino a ora?"

"In primo luogo, Nasten'ka, dopo aver eseguito tutte le vostre commissioni, aver consegnato la lettera, essere stato dai vostri buoni amici, poi... poi sono tornato a casa e mi sono messo a letto."

"Soltanto questo?" mi interruppe ridendo.

"Sì, quasi soltanto questo," risposi col cuore che mi si serrava, perché nei miei occhi già s'andavano raccogliendo stupide lacrime. "Mi sono svegliato un'ora prima del nostro appuntamento, ma è stato come se nemmeno avessi dormito. Non so cosa mi fosse successo. Sono venuto per raccontarvi tutto questo, come se il tempo per me si fosse fermato, come se un'unica sensazione, un unico sentimento dovesse da quel momento rimanere in me in eterno, come se un unico istante dovesse protrarsi un'intera eternità e come se tutta la vita per me si fosse fermata... Quando mi sono destato ho avuto l'impressione che una sorta di motivo musicale, da tempo noto, già udito chissà dove in precedenza, dimenticato e dolce, adesso mi fosse sovvenuto. Ho avuto l'impressione che per tutta la vita avesse chiesto di sgorgare dall'anima mia, e che solo ora..."

"Ah, Dio mio, Dio mio!" intervenne Nasten'ka, "cos'è mai tutto questo? Non ci capisco una parola."

"Ah, Nasten'ka, volevo in qualche modo trasmettervi questa strana sensazione..." presi a parlare con voce lamentosa, nella quale ancora si nascondeva la speranza, se pur assai remota.

"Basta, smettete, basta!" disse lei, e in un attimo intuì, la bricconcella!

All'improvviso si fece in qualche modo insolitamente loquace, allegra, birichina. Mi prese sotto braccio, rise, voleva che ridessi anch'io, e ogni mia parola turbata suscitava in lei un riso così sonoro, prolungato... Cominciai a risentirmi, all'improvviso lei si diede a civettare.

"Ascoltate," esordì, "mi indispettisce un po' che non vi siate innamorato di me. Provatevi a capire gli uomini dopo una cosa del genere! Comunque sia, signor inflessibile, non potete non complimentarvi con me per la mia semplicità. Io vi dico tutto, vi dico tutto, vi dico qualsiasi sciocchezza mi passi per la testa."

"Sentite! Mi pare siano le undici, o sbaglio?" dissi quando il suono cadenzato di una campana prese a rintoccare dalla remota torre della città. Lei all'improvviso si fermò, smise di ridere e si mise a contare.

"Sì, le undici," disse infine, con voce intimidita, indecisa.

Subito mi pentii d'averla spaventata, d'averla costretta a contare le ore, e mi maledissi per quell'attacco di cattiveria. Divenni triste per lei, non sapevo come espiare il mio peccato. Mi misi a consolarla, ad almanaccare scuse per l'assenza di lui, a tirar fuori varie ragioni, varie prove. Impossibile trovare qualcuno più facile da ingannare di lei in quel momento, e poi chiunque in quel momento avrebbe prestato orecchio con gioia a una qualsiasi consolazione e sarebbe stato felice persino dell'ombra di una giustificazione.

"La cosa è persino ridicola," esordii, accalorandomi sempre più, fiero dell'insolita chiarezza delle mie prove, "non avrebbe nemmeno potuto venire; avete ingannato e confuso pure me, Nasten'ka, di modo che ho persino perso la nozione del tempo... Pensate solo questo: potrebbe aver ricevuto la lettera soltanto ora; mettiamo che non possa venire, mettiamo che vi stia per rispondere, di modo che la sua lettera non arriverà prima di domani. Andrò a prenderla domani appena farà giorno, e subito vi informerò. Supponete infine altre mille possibilità; per esempio che non fosse in casa quando è arrivata la lettera, e che forse fino a ora ancora non l'abbia letta. Può succedere ogni genere di cose."

"Sì, sì!" rispose Nasten'ka, "non ci avevo pensato; certo, può succedere ogni genere di cose," continuò con la voce più conciliante, ma nella quale, come una molesta dissonanza, risuonava un altro remoto pensiero. "Ecco quel che farete," continuò, "domani andrete il più presto possibile e, se riceverete qualche cosa, subito me lo farete sapere. Lo sapete, vero, dove abito?" E cominciò a ripetermi il suo indirizzo.

Poi all'improvviso divenne così tenera, così timida con me... Sembrava che ascoltasse con attenzione quel che le andavo dicendo; ma quando mi rivolsi a lei con una domanda, tacque, si confuse e voltò la testolina dall'altra parte. Gettai uno sguardo ai suoi occhi: proprio così, stava piangendo.

"Ma possibile, possibile? Ah, che bambina siete! Che puerilità!... Basta!"

Provò a sorridere, a calmarsi, ma il mento le tremava e il petto continuava a sussultare.

"Di voi stavo pensando," mi disse, dopo un minuto di silenzio, "che siete così buono, che io sarei fatta di pietra se non lo sentissi. Sapete cosa mi è venuto in mente adesso? Vi ho messo a confronto. Perché lui non è voi? Perché lui non è come voi? È peggiore di voi, anche se io lo amo più di quanto ami voi."

Non risposi nulla. Sembrava invece che lei aspettasse una mia parola.

"Certo, io forse ancora non lo capisco del tutto, ancora non lo conosco del tutto. Sapete, è come se ne avessi avuto sempre paura; era sempre così serio, come se fosse altezzoso. Certo, so che è solo un'apparenza, che nel suo cuore c'è più tenerezza che nel mio... Ricordo come mi guardava allora, quando, rammentate, andai da lui con il mio fagottino; ma comunque è come se nei suoi confronti io abbia un rispetto eccessivo, e questo non dimostra forse che non siamo alla pari?"

"No, Nasten'ka, no," risposi, "significa che voi lo amate più d'ogni altra cosa al mondo, e che lo amate molto più di voi stessa."

"Sì, mettiamo che sia così," rispose l'ingenua Nasten'ka, " ma sapete che cosa mi è venuto in mente adesso? Solo che adesso non parlerò di lui, ma così, in generale; è da un pezzo ormai che mi è venuto in mente. Ascoltate, perché non siamo tutti così, come fratelli? Perché è sempre come se anche l'uomo migliore nascondesse qualcosa agli altri, e se la tenesse per sé? Perché non dire francamente, subito, quel che si ha nel cuore, quando si sa che le tue parole non saranno gettate al vento? Altrimenti ciascuno sembrerà più austero di quanto in realtà non sia, come se tutti temessero di offendere i propri sentimenti esprimendoli troppo presto..."

"Ah, Nasten'ka! State dicendo il vero; ma ciò accade per molte ragioni," la interruppi, soffocando più che mai in quel momento i miei sentimenti.

"No, no!" rispose con grande convinzione. "Ecco, voi, per esempio, non siete come gli altri! Davvero non so come dirvi quello che provo: ma ho l'impressione che voi, per esempio... anche solo adesso... ho l'impressione che voi per me stiate sacrificando qualche cosa," soggiunse timidamente, gettandomi uno sguardo di sfuggita. "Mi dovete scusare se vi parlo a questo modo: sono una ragazza semplice; ho visto ancora poco del mondo e a volte davvero non sono capace di esprimermi," soggiunse con voce tremante per un qualche sentimento nascosto, sforzandosi però al tempo stesso di sorridere, "ma vi volevo solamente dire che vi sono grata, che anch'io provo tutto ciò... Oh, che per questo Dio vi conceda la felicità! Ecco, quello che allora mi raccontaste del vostro sognatore non è affatto vero, cioè, volevo dire che non vi riguarda affatto. Voi vi rimetterete in salute, voi, davvero, siete un uomo completamente diverso da come vi siete descritto. Se un giorno vi innamorerete, allora che Dio vi conceda la felicità con lei! E a lei non auguro nulla, perché sarà felice assieme a voi. Lo so, sono anch'io una donna, e voi mi dovete credere se vi dico queste cose..."

Tacque, e mi strinse forte le mani. Anch'io non ero in grado di parlare, per l'emozione. Trascorsero alcuni minuti.

"Sì, è chiaro che oggi non verrà!" disse lei alla fine, sollevando la testa. "È tardi!..."

"Verrà domani," dissi con la voce più ferma e convincente.

"Sì," soggiunse, rasserenandosi, "adesso lo vedo io stessa che verrà solo domani. Bene, allora arrivederci! A domani! Se pioverà forse non verrò. Ma dopodomani verrò, verrò di sicuro, qualsiasi cosa mi accada; dovete venire, assolutamente; voglio vedervi, vi racconterò ogni cosa."

E poi, quando ci accomiatammo, mi porse la mano e disse, rivolgendomi uno sguardo luminoso:

"Adesso noi saremo sempre insieme, non è vero?".

Oh! Nasten'ka! Se tu sapessi in quale solitudine mi trovo io adesso!

Quando batterono le nove non riuscii a restarmene nella mia stanza, mi vestii e uscii nonostante il tempo piovoso. Andai laggiù, sedetti sulla nostra panchina. M'avviai anche lungo il loro vicolo, ma provai vergogna, e tornai indietro senza guardare le loro finestre, senza aver fatto nemmeno due passi verso la loro casa. Tornai nel mio alloggio in preda a un'angoscia tale, quale mai avevo conosciuto. Che tempo umido, noioso! Ci fosse stato bel tempo me ne sarei andato in giro per tutta la notte...

Ma a domani, a domani! Domani mi racconterà ogni cosa.

Tuttavia oggi la lettera non c'era. Ma, d'altra parte, era così che doveva essere. Loro sono già insieme...

Notte quarta

Dio, com'è finito tutto! E in che modo è finito!

Arrivai alle nove. Lei era già lì. La notai fin da lontano: era in piedi come allora, la prima volta, appoggiata coi gomiti al parapetto del lungofiume, e non mi udì mentre mi avvicinavo.

"Nasten'ka!" la chiamai, dominando a stento la mia agitazione.

Si voltò rapida verso di me.

"Allora!" disse, "Allora! Sbrigatevi!"

La guardai perplesso.

"Allora, dov'è la lettera? Avete portato la lettera?" ripeté, afferrando con la mano il parapetto.

"No, non ho nessuna lettera," dissi, infine, "non è forse venuto?"

Si fece terribilmente pallida e a lungo mi guardò, immobile. Avevo infranto la sua ultima speranza.

"D'accordo, allora, e che Dio lo perdoni," disse infine con voce rotta, "che Dio lo perdoni, se mi abbandona in questo modo."

Abbassò gli occhi, poi avrebbe voluto guardarmi, ma non ci riuscì. Per qualche altro istante ebbe la meglio sulla propria agitazione, ma all'improvviso voltò le spalle appoggiandosi alla balaustrata del lungofiume, e si sciolse in lacrime.

"Basta, basta!" volevo dirle, ma guardandola non ebbi la forza di continuare, e cosa avrei potuto dire?

"Non cercate di consolarmi," disse lei, piangendo, "non parlate di lui, non dite che verrà, che non mi ha abbandonato con tanta brutalità, con tanta crudeltà, come in realtà ha fatto. Perché, perché? Possibile ci fosse qualcosa nella mia lettera, in quella lettera disgraziata?..."

A questo punto i singhiozzi le impedirono di parlare; il mio cuore si spezzava a guardarla.

"Oh, com'è brutalmente crudele tutto ciò!" ricominciò. "E nemmeno una riga, nemmeno una riga! Avesse almeno risposto che non gli sono necessaria, che mi rifiuta; e invece nemmeno una riga in tre interi giorni! Come gli riesce facile oltraggiare, offendere una povera ragazza indifesa, che ha la sola colpa di amarlo! Oh, quanto ho dovuto sopportare in questi tre giorni! Dio mio! Dio mio! Quando ricordo di essere andata io stessa da lui la prima volta, di essermi umiliata dinnanzi a lui, di aver pianto, di aver supplicato almeno un briciolo d'amore da parte sua... E dopo tutto ciò!... Ascoltate," proferì rivolgendosi a me, e i suoi occhietti neri mandarono un bagliore, "così non può essere! Non è possibile che sia così; non è naturale! O voi o io ci siamo ingannati; forse non ha ricevuto la lettera? Forse fino a ora non sa ancora nulla? Com'è possibile, giudicate voi stesso, ditemelo, in nome di Dio, spiegatemelo, io non riesco a capire come sia possibile comportarsi in modo così barbaro e rozzo come lui s'è comportato con me! Nemmeno una parola! Ma anche con il più derelitto degli uomini ci si comporta con maggior compassione. Forse ha sentito qualche diceria, forse qualcuno ha sparlato di me?" si mise a gridare, rivolgendosi a me con questa domanda. "Che ne pensate?"

"Ascoltate, Nasten'ka, domani andrò da lui a vostro nome."

"E allora?"

"Lo interrogherò su ogni cosa, gli racconterò tutto."

"E allora, allora?"

"Gli scriverete una lettera. Non dite di no, Nasten'ka, non dite di no! Lo costringerò a rispettare il vostro comportamento, verrà a sapere tutto, e se..."

"No, amico mio, no," mi interruppe. "Basta così! Nemmeno un'altra parola da parte mia, nemmeno una riga, basta! Io non lo conosco, non lo amo più, io... a lui... lo dimenticherò..."

Non terminò la frase.

"Calmatevi, calmatevi! Sedete qui, Nasten'ka," dissi, facendola accomodare sulla panchina.

"Ma sono calma. Adesso basta! È così! Sono lacrime, s'asciugheranno! Cosa pensate, che mi rovinerò, che mi andrò ad affogare?..."

Il mio cuore era colmo fino all'orlo: avrei voluto parlare, ma non ci riuscivo.

"Ascoltate!" continuò lei, prendendomi per mano, "dite: voi non avreste agito così, vero? Voi non avreste abbandonato colei che fosse venuta da voi di sua iniziativa, non le avreste messo sotto agli occhi il dileggio spudorato del suo povero, stupido cuore, non è così? L'avreste protetta? Avreste immaginato che lei era sola, che non sapeva badare a se stessa, che non sapeva difendersi dall'amore per voi, che lei non era colpevole, che lei davvero non era colpevole... che non aveva fatto nulla!... Oh, Dio mio, Dio mio!..."

"Nasten'ka," esclamai alla fine, incapace di avere la meglio sulla mia emozione, "Nasten'ka! Mi state tormentando! Vi fate beffa del mio cuore, mi uccidete, Nasten'ka! Non posso tacere! Alla fine sono obbligato a dire, a esprimere quel che mi ribolle qui, nel cuore..."

Dicendo ciò mi alzai dalla panchina. Lei mi prese la mano e mi guardò in preda allo stupore.

"Che cosa vi prende?" disse alla fine.

"Ascoltate!" dissi con decisione. "Ascoltatemi, Nasten'ka! Quello che adesso vi dirò sono tutte sciocchezze, cose vane, assurde! So che tutto ciò non potrà mai accadere, ma non posso tacere. In nome di quel che adesso state soffrendo, vi supplico fin da ora di perdonarmi!..."

"Ma cosa, dunque, cosa?" disse lei smettendo di piangere e guardandomi fisso, mentre una strana curiosità le riluceva negli occhietti stupiti, "cosa vi prende?"

"È cosa vana, ma io vi amo, Nasten'ka! Ecco cosa! Adesso l'ho detto!" dissi, facendo un gesto sconsolato con la mano. "Adesso vedrete se potete parlare con me così come mi avete appena parlato, se potete infine ascoltare quello che vi dirò..."

"Ma cosa mai, cosa?" mi interruppe Nasten'ka, "che ne viene da tutto ciò? Lo sapevo da un pezzo che mi amavate, solo che mi sembrava che vi limitaste ad amarmi così, in qualche modo... Ah, Dio mio, Dio mio!"

"All'inizio era facile, Nasten'ka, ma adesso, adesso... sono proprio come eravate voi quando siete andata da lui quella volta, col vostro fagottino. Peggio di come eravate voi, Nasten'ka, perché allora lui non amava nessuno, mentre voi amate."

"Cosa mi state dicendo! Non vi capisco affatto. Ma ascoltate, perché tutto ciò, o piuttosto, non perché, ma come mai fate così, e così all'improvviso... Dio! Sto dicendo sciocchezze! Ma voi..."

E Nasten'ka si confuse completamente. Le sue guance si fecero di fiamma; lei abbassò gli occhi.

"Che fare, Nasten'ka, che devo fare? È colpa mia,

ho abusato della vostra fiducia... Ma no, invece, non è colpa mia, Nasten'ka; questo lo sento, lo provo, perché è il mio cuore che mi dice che ho ragione, perché io non posso in alcun modo offendervi, in alcun modo oltraggiarvi! Sono stato vostro amico; e anche adesso sono vostro amico; non sono cambiato in niente. Anche adesso mi vengono le lacrime agli occhi, Nasten'ka. Che scorrano, che scorrano pure, non danno fastidio a nessuno. Si asciugheranno, Nasten'ka..."

"Ma sedete, su, sedete," disse, facendomi sedere sulla panchina. "Ah, Dio mio!"

"No! Nasten'ka, non mi siederò; non posso già più starmene qui, voi non mi dovete più vedere; dirò tutto quello che devo e me ne andrò. Voglio dire soltanto che non avreste mai saputo che vi amavo. Avrei mantenuto il segreto. Non mi sarei messo a tormentarvi con il mio egoismo in un momento come questo. No! Ma adesso non posso trattenermi; siete stata voi stessa a cominciare a parlarne, la colpa è vostra... siete voi la colpevole di tutto, e io non ho colpa. Non potete scacciarmi..."

"Ma no, no, non vi scaccio, no!" disse Nasten'ka, nascondendo, per quel che poteva, il proprio turbamento, la poverina.

"Non mi scacciate? No! Ero io stesso a voler fuggire lontano da voi. E me ne andrò, solo che prima dirò tutto quel che devo, perché quando voi parlavate, quaggiù, io non riuscivo a stare seduto, quando voi piangevate, quaggiù, quando vi tormentavate per il fatto, sì, per il fatto (dirò le cose come stanno, Nasten'ka) di essere stata rifiutata, per il fatto che avevano respinto il vostro amore, io provavo, io sentivo che nel mio cuore c'era così tanto amore per voi, Nasten'ka, tanto amore!... E ho provato una tale amarezza per non potervi aiutare con quest'amore... che il cuore mi si è spezzato e io, io... non potevo tacere, ho dovuto parlare, Nasten'ka, ho dovuto parlare!..."

"Sì, sì! Parlatemi, parlate con me a questo modo!" disse Nasten'ka, in preda a un'agitazione indefinibile. "A voi forse sembra strano che io vi parli così, ma... parlate! Poi vi dirò io! Poi vi racconterò tutto!"

"Voi provate pena per me, Nasten'ka; provate semplicemente pena per me, mia piccola amica! Ma quel che è fatto, è fatto! Quando una cosa è stata detta, indietro non torna! Non è forse così? Ebbene, adesso sapete tutto. Ebbene, ecco un punto di partenza. E questo è bene! Adesso tutto ciò è magnifico; solo, ascoltate. Quando eravate seduta e piangevate, tra me pensavo (oh, lasciate che vi dica quel che pensavo!), pensavo che (anche se, certo, non è cosa che possa essere, Nasten'ka), pensavo che voi... pensavo che in qualche modo a quel punto... be', in modo del tutto indipendente da me, ma che voi non lo amaste più. Allora, e questo l'ho pensato ieri e anche l'altro ieri, Nasten'ka, allora avrei fatto in modo, l'avrei assolutamente fatto, che voi vi innamoraste di me; avete ben detto, l'avete detto voi stessa, Nasten'ka, che quasi vi eravate già innamorata di me. Che altro c'è? Vi ho già detto quasi tutto quel che volevo dire; resta solo da aggiungere quel che sarebbe stato se vi foste innamorata di me, solo questo, nulla più! Ascoltate, amica mia, perché comunque voi mi siete amica, io, certo, sono un uomo semplice, povero, così insignificante, solo che non è questo il punto (è come se non riuscissi a parlare di quel che dovrei, è per via del turbamento, Nasten'ka), ma solo che vi amerei in modo tale, vi amerei in modo tale che anche se amaste ancora e continuaste ad amare colui che non conosco, comunque non ve ne accorgereste, il mio amore non vi sarebbe di peso. Sentireste soltanto, percepireste ogni istante che accanto a voi batte un cuore pieno di riconoscenza, di gratitudine, un cuore ardente che per voi... Oh, Nasten'ka, Nasten'ka! Che cosa avete fatto di me!..."

"Non piangete, su, non voglio che voi piangiate,"

disse Nasten'ka, alzandosi rapida dalla panchina, "andiamo, alzatevi, venite con me, non piangete, su, non piangete," disse, asciugandomi le lacrime con il suo fazzoletto, "su, adesso andiamo; forse vi dirò qualcosa... Sì, anche se adesso lui mi ha abbandonata, anche se mi ha dimenticata, io ancora comunque lo amo (non vi voglio ingannare)... ma, ascoltate, rispondetemi. Se io, per esempio, mi innamorassi di voi, cioè se io soltanto... Oh, amico mio, amico mio! Se solo penso, se solo penso a come vi ho umiliato quando ridevo del vostro amore, quando vi lodavo per il fatto che non vi eravate innamorato!... Oh, Dio! Ma come ho potuto non prevederlo, come ho potuto non prevedere, come ho potuto essere così sciocca, ma... su, su, mi sono decisa, dirò tutto...".

"Ascoltate, Nasten'ka, sapete una cosa? Me ne andrò da voi, ecco che farò! Non faccio che tormentarvi. Ecco che adesso avete dei rimorsi di coscienza per esservi beffata di me, mentre io non voglio, sì, non voglio che voi, oltre al vostro dolore... io, certo, sono colpevole, Nasten'ka, ma addio!".

"Fermatevi, ascoltate: potete aspettare?".

"Cosa aspettare, come?".

"Io lo amo; ma passerà, deve passare, non può non passare; sta già passando, lo sento... Chi lo sa, forse finirà oggi stesso, perché lo detesto, perché si è fatto beffa di me, mentre voi in questo luogo avete pianto con me, perché voi non mi avreste respinta come ha fatto lui, perché voi mi amate, e lui non mi ha amata, perché, per finire, io stessa vi amo... sì, vi amo! Vi amo come mi amate voi; d'altronde io stessa già in precedenza ve l'avevo detto, l'avete sentito voi stesso, e vi amo perché siete migliore di lui, perché di lui siete più nobile, perché, perché lui...".

L'emozione della poveretta era così forte che non riuscì a terminare la frase, mi appoggiò la testa su una spalla, poi sul petto e s'abbandonò a un pianto amaro. La consolavo, cercavo di calmarla, ma lei non riusciva a smettere; continuava a stringermi la mano e tra i singhiozzi diceva: "Aspettate, aspettate, adesso smetto! Vi voglio dire... non dovete pensare che queste siano lacrime, sono così, per debolezza, aspettate, adesso passerà...". Finalmente smise, s'asciugò le lacrime e di nuovo ci mettemmo a camminare. Avrei voluto parlare, ma a lungo ancora lei mi chiese di attendere. Tacevamo... Alla fine si fece coraggio e cominciò a parlare...

"Ecco come stanno le cose," cominciò con una voce debole e tremante nella quale però all'improvviso prese a risuonare qualcosa che mi trafisse dritto il cuore, causando una dolce sofferenza, "non pensiate che io sia così volubile e sconsiderata, non pensiate chè io possa con tanta leggerezza e rapidità dimenticare e tradire... L'ho amato per un anno intero e giuro su Dio che mai, mai gli sono stata infedele, nemmeno col pensiero. Lui ha disprezzato tutto ciò; si è fatto beffa di me, che Dio lo perdoni! Ma ha mortificato e umiliato il mio cuore. Io... io non lo amo, perché posso amare solo chi è magnanimo, chi mi comprende, chi è nobile; perché io stessa sono così, e lui non è degno di me, oh, che Dio lo perdoni! Meglio così, piuttosto che continuare a ingannarmi nelle mie aspettative e venire poi a sapere in seguito chi era veramente... Sì, questo è certo! Ma chi lo sa, mio caro amico," continuò, stringendomi la mano, "chi lo sa, forse tutto il mio amore era solo un inganno dei sentimenti, dell'immaginazione, forse aveva avuto inizio come una monelleria, come una cosa futile, per il semplice fatto che mi trovavo sotto la sorveglianza della nonna. Forse dovevo amare un altro, e non lui, non un uomo del genere, un altro, che mi compatisse e, e... Ma lasciamo perdere questo argomento," s'interruppe Nasten'ka, soffocando per l'emozione, "volevo dirvi solamente... volevo dirvi che se, nonostante io lo ami (no, che l'abbia amato), se, nonostante questo, ancora direte... se voi sentite che il vostro amore è così grande da poter, alla fine, far uscire dal mio cuore l'amore che lo ha preceduto... se voi vorrete provare pietà di me, se non mi vorrete abbandonare da sola al mio destino, senza conforto, senza speranza, se voi mi vorrete amare sempre come adesso mi amate, allora giuro che la gratitudine... che il mio amore alla fine sarà degno del vostro amore... Volete adesso prendere la mia mano?"

"Nasten'ka," esclamai, soffocando per i singhiozzi, "Nasten'ka!... Oh, Nasten'ka!"

"Su, basta, basta! Su, adesso basta davvero!" disse lei, dominandosi a stento, "su, adesso ormai è stato detto tutto, non è forse vero? Non è così? Su, adesso voi siete felice, e io sono felice; non si dica più nemmeno una parola al proposito; aspettate, risparmiatemi... Parlate di qualcosa d'altro, in nome di Dio!..."

"Sì, Nasten'ka, sì! Basta parlare di questo, adesso io sono felice, io... Su, Nasten'ka, parliamo d'altro, in fretta, in fretta parliamone. Sì! Sono pronto..."

E non sapevamo cosa dire, ridevamo, piangevamo, pronunciavamo migliaia di parole senza un nesso e un senso; ora camminavamo lungo il marciapiede, ora all'improvviso tornavamo indietro e ci mettevamo ad attraversare la strada; quindi ci fermavamo e di nuovo attraversavamo in direzione del lungofiume. Eravamo come due bambini...

"Adesso vivo solo, Nasten'ka," dicevo, "ma domani... Be', certo lo sapete, Nasten'ka, sono povero, in tutto non ho che mille e duecento rubli, ma questo non importa..."

"Certo che no, e la nonna ha una pensione; di modo che non ci sarà di peso. Dobbiamo prendere con noi la nonna."

"Certo, bisogna prendere la nonna... Solo che c'è anche Matrëna..."

"Ah, e noi abbiamo Fëkla!"

"Matrëna è una buona donna, ha un solo difetto: non ha immaginazione, Nasten'ka, non ha alcuna immaginazione; ma questo non importa!..."

"Non fa niente, possono restare tutte e due; solo che da domani vi trasferirete da noi."

"Come? Da voi! Va bene, sono pronto..."

"Sì, prenderete in affitto una delle nostre stanze. Da noi, di sopra, c'è il mezzanino, è vuoto, c'era un'inquilina, una vecchietta, una nobildonna, ma se ne è andata, e la nonna, lo so, ci vuol mettere un giovanotto. Le ho chiesto: 'Perché un giovanotto?'. E lei mi ha detto: 'Ma così, sono vecchia ormai, solo tu non pensare, Nasten'ka, che te lo voglia far sposare'. Ma io avevo intuito che era questo il motivo..."

"Ah, Nasten'ka!..."

E ci mettemmo a ridere tutti e due.

"Su, basta così, basta. Ma dove abitate? Me ne sono dimenticata."

"Laggiù, vicino al ponte ...skij, nella casa Barannikov."

"È quella casa grande?"

"Sì, quella grande."

"Ah, la conosco, è una bella casa; solo che, sapete, la dovete lasciare e traslocare al più presto da noi..."

"Domani stesso, Nasten'ka, domani stesso; sono un pochino in debito per l'alloggio, ma non fa niente... Presto riceverò lo stipendio..."

"E sapete che io, forse, potrei dare delle lezioni; studierò, e poi darò delle lezioni..."

"Sarebbe perfetto... e presto riceverò una gratifica, Nasten'ka..."

"E così da domani sarete il mio inquilino..."

"Sì, e andremo a vedere *Il barbiere di Siviglia*, perché presto lo daranno di nuovo."

"Sì, ci andremo," disse Nasten'ka, ridendo, "anzi, no, sarà meglio non vedere di nuovo *Il barbiere*, ma qualcosa d'altro..."

"Va bene, qualcosa d'altro; certo, sarà meglio, non ci avevo pensato..."

Così dicendo, camminavamo entrambi come inebriati, come immersi in una nebbia, come se noi stessi non sapessimo che cosa ci stesse accadendo. Ora ci fermavamo e parlavamo a lungo, sostando in quel posto, ora di nuovo ci mettevamo a camminare e andavamo lo sa Dio dove, e di nuovo risate, di nuovo lacrime... Ora Nasten'ka all'improvviso veniva presa dalla voglia di andare a casa, e io non osavo trattenerla e la volevo accompagnare fino alla porta; ci mettevamo in cammino e all'improvviso, un quarto d'ora dopo, ci ritrovavamo sulla nostra panchina sul lungofiume. Ora lei sospirava, e di nuovo una lacrimuccia le scorreva dagli occhi; io m'intimorivo, raggelavo... Ma subito lei mi stringeva la mano, e mi trascinava di nuovo a camminare, a ciarlare, a parlare...

"Adesso è ora, è ora per me di tornare a casa; penso sia molto tardi," disse Nasten'ka alla fine, "basta fare i bambini!"

"Sì, Nasten'ka, solo che adesso non piglierò certo sonno; non andrò a casa."

"Anch'io non credo che piglierò sonno, ma comunque accompagnatemi..."

"Certamente."

"Ma adesso però andremo fino al mio alloggio."

"Certamente, certamente..."

"Parola d'onore?... perché comunque bisogna prima o poi far ritorno a casa!"

"Parola d'onore," risposi, ridendo.

"Su, andiamo!"

"Andiamo."

"Guardate il cielo, Nasten'ka, guardate! Domani sarà una giornata meravigliosa, che cielo azzurro, che luna! Guardate quella nuvola gialla che adesso la copre, guardate, guardate!... No, le è passata accanto. Guardate, su, guardate!..."

Ma Nasten'ka non guardava la nuvola, era ferma in silenzio, come inchiodata sul posto; un attimo dopo cominciò a stringersi a me quasi con timidezza; la guardai... S'appoggiò a me con forza ancora maggiore.

In quel momento accanto a noi stava passando un giovane. All'improvviso si fermò, ci guardò fissi e poi di nuovo fece alcuni passi. Il mio cuore si mise a tremare.

"Nasten'ka," chiesi a mezza voce, "chi è, Nasten'ka?"

"È lui!" mi rispose in un sussurro, stringendosi ancor di più a me, ancor più tremante... Riuscivo a stento a mantenermi in piedi.

"Nasten'ka! Nasten'ka! Sei tu!" s'udì una voce dietro di noi, e in quello stesso istante il giovane fece alcuni passi nella nostra direzione.

Dio, che grido! Come trasalì! Come si strappò dalle mie mani per volargli incontro!... Io stavo fermo e li guardavo come tramortito. Ma lei non aveva quasi nemmeno fatto in tempo a tendergli la mano, quasi non aveva fatto in tempo a lanciarglisi tra le braccia che all'improvviso si voltò di nuovo verso di me, mi volò di nuovo accanto come il vento, come un fulmine e, prima che facessi in tempo a riprendermi, mi afferrò il collo con entrambe le mani e mi baciò con forza, con ardore. Poi, senza dirmi una sola parola, corse di nuovo da lui, lo prese per mano e lo portò via con sé.

Rimasi fermo a lungo, guardandoli... Alla fine entrambi scomparvero alla mia vista.

Mattino

Le mie notti finirono quel mattino. Era una brutta giornata. Pioveva, e la pioggia batteva uggiosa contro i vetri; nella mia stanzetta era buio, in cortile c'era foschia. Mi faceva male la testa, e mi girava; la febbre s'era insinuata nelle mie membra.

"C'è una lettera per te, signor mio, con la posta cittadina, l'ha portata il postino," venne a dirmi Matrëna.

"Una lettera! Da parte di chi?" esclamai, balzando su dalla sedia.

"Non ne ho idea, signor mio, guarda tu, forse lì c'è scritto da parte di chi è."

Lacerai il sigillo. Era da parte sua!

"Oh, perdonatemi, perdonatemi!" mi scriveva Nasten'ka, "vi supplico in ginocchio di perdonarmi! Ho ingannato voi e me. Era un sogno, un miraggio... Oggi il mio cuore duole per voi; perdonate, perdonatemi!...

"Non condannatemi, perché io non sono affatto mutata nei vostri confronti; ho detto che vi avrei amato, e anche adesso vi amo, anzi, è qualcosa di più dell'amore. Oh, Dio! Se potessi amarvi tutti e due insieme! Oh, se voi foste lui!"

"Oh, se lui fosse voi!" mi passò in volo per la testa. Mi sono ricordato le tue parole, Nasten'ka!

"Dio vede quello che adesso vorrei fare per voi! So che vi sentite amareggiato e triste. Vi ho offeso, ma lo sapete: se si ama, non si ricorda a lungo l'offesa. E voi mi amate!

"Vi ringrazio! Sì! Vi ringrazio per questo amore. Perché nella mia memoria si è impresso come un dolce sogno che si ricorda a lungo dopo il risveglio; perché io in eterno ricorderò quell'istante in cui voi come un fratello mi avete aperto il vostro cuore e con tanta magnanimità avete accettato in dono il mio, sopraffatto dal dolore, per custodirlo, vezzeggiarlo, risanarlo... Se mi perdonerete, allora il ricordo di voi sarà esaltato in me da un sentimento eterno, grato, nei vostri confronti, che mai verrà cancellato dall'anima mia... Conserverò questo ricordo, gli sarò fedele, non lo tradirò, non tradirò il mio cuore: è troppo costante. Ieri infatti è tornato così in fretta da colui al quale era sempre appartenuto.

"Ci incontreremo, verrete a trovarci, non ci lascerete, per sempre sarete il mio amico, mio fratello... E quando mi vedrete, mi porgerete la mano... vero? Me la porgerete, mi avete perdonato, non è così? Mi amate *come prima*?

"Oh, amatemi, non mi lasciate, perché in questo momento vi amo talmente, perché sono degna del vostro amore, perché me lo meriterò... amico mio caro! La settimana prossima lo sposerò. È ritornato innamorato, non mi aveva mai dimenticata... Non arrabbiatevi se ho scritto di lui. Ma voglio venire da voi assieme a lui; gli vorrete bene, non è vero?...

"Perdonate dunque, ricordate e amate la vostra *Nasten'ka*."

Lessi e rilessi questa lettera; gli occhi mi si colmarono di lacrime. Alla fine la lasciai cadere, e mi coprii il volto con le mani.

"Caro! Carissimo!" cominciò a dire Matrëna.

"Che c'è, vecchia?"

"Ho tolto tutta la ragnatela dal soffitto; adesso sposati, fa' venire gli ospiti, è tempo, ormai..."

Guardai Matrëna... Era una vecchia ancora arzilla, *giovane* in un certo senso, ma, non so perché, all'improvviso mi apparve con lo sguardo spento, il volto rugoso, ingobbita, decrepita... Non so perché, ma all'improvviso mi parve che la mia stanza fosse anch'essa invecchiata come Matrëna. Pareti e pavimento s'erano scoloriti, tutto s'era appannato; la ragnatela s'era fatta ancora più grande. Non so perché, ma quando guardai dalla finestra ebbi l'impressione che la casa che sorgeva lì davanti si fosse fatta anch'essa decrepita e a sua volta si fosse come offuscata, che l'intonaco sulle colonne si fosse scrostato e fosse caduto, che i cornicioni si fossero anneriti e screpolati e che le pareti d'un giallo vivace si fossero chiazzate...

Forse un raggio di sole comparso inatteso s'era di nuovo nascosto dietro alla nube carica di pioggia, e tutto era tornato a offuscarsi ai miei occhi; o forse dinnanzi a me era balenata, così poco attraente e mesta, tutta la prospettiva del mio futuro, e io mi ero visto, così com'ero, tra quindici anni esatti, invecchiato, in quella stessa stanza, sempre solo, sempre con la stessa Matrëna, che in tutti quegli anni non sarebbe certo diventata più intelligente.

Ma pensare che io mi rammenti la tua offesa, Nasten'ka! Che io possa sospingere una nuvola oscura sulla tua felicità luminosa, tranquilla, che io, dopo averti redarguito con amarezza, possa spingere l'angoscia sul tuo cuore, lo mortifichi con un segreto rimorso e lo costringa a battere malinconico nel momento della beatitudine, che io possa sgualcire anche uno solo di quei teneri fiorellini che intreccerai ai tuoi riccioli neri il giorno in cui, con lui, andrai all'altare... Oh, mai, mai! Che il tuo cielo sia luminoso, sia gioioso e quieto il tuo dolce sorriso, e sia tu benedetta per l'attimo di beatitudine e di felicità che hai donato a un altro cuore solitario, pieno di gratitudine!

Dio mio! Un intero attimo di beatitudine! È forse poco per la vita intera di un uomo?...

La cronaca di Pietroburgo[*]

<13 aprile 1847>

(firmato N.N.)

Dicono che a Pietroburgo sia giunta la primavera. Ma non diciamo sciocchezze, vi pare? D'altronde, potrebbe anche essere così. In effetti, i segni della primavera ci sono tutti: metà città s'è buscata l'influenza, l'altra metà ha per lo meno un raffreddore. Questi doni della natura ci convincono appieno del suo risveglio. E così, è primavera! Il tempo classico dell'amore! Ma il tempo dell'amore e quello della poesia non giungono nello stesso momento, dice il poeta[1] e quindi non ci resta che render grazia a Dio. Addio, poesie; addio, prosa; addio pingui riviste, con o senza orientamento; addio, giornali, *opinioni*, "*qualcosa a proposito di*",[2] addio, e perdonaci, letteratura! Perdonaci per aver peccato nei tuoi confronti, come noi ti perdoniamo i tuoi peccati!

Ma come abbiamo potuto cominciare a parlare di letteratura prima di toccare altri argomenti? Non vi risponderò, signori. Innanzitutto bisogna sbarazzarsi della cosa più pesante: bisogna togliersela di dosso. In qualche modo siamo riusciti ad arrivare in fondo alla stagione letteraria, e ce l'abbiamo fatta! Per quanto si dica che si tratti di un fardello del tutto naturale. Presto, forse nel giro di un mese, faremo dei nostri libri e riviste un sol fascio, e non torneremo ad aprirlo prima di settembre. Allora, forse, ci sarà qualcosa da leggere, a dispetto del modo di dire che il buono va preso a piccole dosi. Tra breve chiuderanno i salotti, verranno meno le *serate*; i giorni si faranno più lunghi, e non ce ne staremo più a sbadigliare dolcemente tra le afose mura, accanto a camini raffinati, ascoltando un racconto che lì vi viene letto o narrato, approfittando della vostra ingenuità; non ascolteremo il conte de Suzor, che era venuto a Mosca per mettere un freno ai costumi degli slavofili; e dietro di lui, probabilmente con lo stesso scopo, s'è messo in marcia anche il circo Guerra.[3] Sì! Ci priviamo di molte cose assieme all'inverno, molto non avremo, molto non faremo; per l'estate ci apprestiamo a non fare un bel nulla. Siamo stanchi: per noi è giunto il momento di riposare. Non per nulla si dice che Pietroburgo sia una città così europea, così piena di attività. Ha fatto così tanto; lasciate che si metta l'anima in pace, lasciate che si riposi in villeggiatura, nei suoi boschi; ha bisogno del bosco, per lo meno d'estate. È solo a Mosca che *"ci si riposa prima di fare"*. Pietroburgo si riposa dopo. Ogni estate, per divertirsi, si concentra su qualcosa; forse già ora sta ideando cosa fare l'inverno a venire. Sotto questo aspetto assomiglia molto a quel letterato che, a dire il vero, non ha ancora scritto nulla di suo, ma il cui fratello è tutta la vita che si sta preparando a scrivere un romanzo. Tuttavia, apprestandosi a intraprendere un nuovo cammino, occorre dare un'occhiata a ciò che già è stato percorso, e per lo meno prendere commiato da qualcosa; per lo meno gettare ancora una volta uno sguardo a quel che abbiamo fatto, che ci era caro in maniera particolare. Vediamo un po', che cosa vi è particolarmente caro, a voi, benevolo lettore? Uso il termine "benevolo" perché, al posto vostro, da un pezzo avrei smesso di leggere i *feuilletons* in genere, e questo in particolare. E avrei smesso perché a me stesso e, mi pare, anche a voi, non sta a cuore nulla di ciò che è passato. È come se fossimo tutti degli uomini di fatica che si portano addosso un fardello che si sono di buon grado caricati sulle spalle, e siamo tutti contenti di essercelo trascinato fino alla stagione estiva con il dovuto decoro e secondo i dettami europei. Quali non sono i compiti che ci siamo accollati per il piacere dell'imitazione! Io, per esempio, conoscevo un tal signore che non poteva in alcun modo convincersi a indossare le soprascarpe, per quanto ci fosse fango per le strade, e nemmeno la pelliccia, per quanto gelo ci fosse in giro: questo signore aveva un paltò che delineava con tanta eleganza la sua figura, gli conferiva un aspetto talmente parigino che in nessun modo riusciva a convincersi a indossare la pelliccia, come pure a deformare i pantaloni con le soprascarpe. In verità tutto l'europeismo di questo signore consisteva in un abito di buon taglio, ed era per questo che considerava l'Europa l'espressione della cultura illuminata; ma egli cadde vittima di questo suo europeismo, dopo aver espresso l'ultima volontà d'essere seppellito con indosso i suoi pantaloni migliori. Lo seppellirono quando per le strade si cominciavano a vendere le *žavoronki*[4] al forno.

Da noi, per esempio, ci sono state eccellenti rappresentazioni dell'Opera italiana, e l'anno prossimo ne avremo, se non di migliori, sicuramente di più sfarzose. Tuttavia, non so il perché, ma continua a sembrarmi che noi teniamo in considerazione l'Opera italiana solo per darci un tono, quasi come per dovere. Se non si è arrivati agli sbadigli (anche se mi sembra che almeno un po' si sia sbadigliato), per lo meno ci si è comportati con tale creanza e con tali cerimonie, non si è palesato il proprio parere con tale ingegno, non si è manifestato il proprio entusiasmo agli altri, che davvero è come se ci si fosse annoiati e in qualche modo stufati della cosa. Lungi da me il pensiero di criticare la nostra capacità nell'arte dello stare al mondo; in tal senso l'opera ha portato un grande giovamento al pubblico, dividendo in modo del tutto naturale i melomani in entusiasti e semplici amatori della musica; i primi si sono raggruppati in alto, nel loggione, cosa per cui lassù faceva sempre così caldo, come se si fosse in Italia; gli altri si sono accomodati in platea e, una volta compresa la loro importanza, l'importanza di un pubblico preparato, l'importanza di un'idra dalle mille teste, con un suo peso, un suo carattere, una sua opinione, non si sono più stupiti di nulla, sapendo fin da prima che quella era la principale virtù dell'uomo di mondo con una buona educazione.

Per quel che ci concerne, noialtri condividiamo in tutto il parere di quest'ultima parte di pubblico; dobbiamo amare l'arte senza clamore, senza esagerare e senza dimenticare i nostri doveri. Noialtri siamo un popolo lavoratore; alle volte nemmeno abbiamo il tempo di andare a teatro. Ci sono ancora così tante cose da fare! E per questo mi fanno tanto indispettire quei signori che pensano che loro, a loro volta, *debbano* sempre esultare per qualcosa, che ritengono d'essere stati investiti da una sorta di obbligo particolare di bilanciare l'opinione del pubblico con il loro entusiasmo, *in via di principio*. Comunque stiano le cose e per quanto i nostri Borsi, Guasco e Salvi[5] abbiano cantato con tanta dolcezza i loro rondò, le cavatine e via dicendo, noi l'opera ce la siamo trascinata dietro come fosse una catasta di legna; ci siamo stremati, ci siamo spesi e, se sul finire della stagione venivano lanciati loro mazzi di fiori, lo si faceva quasi per ringraziare il cielo che l'opera fosse giunta alla conclusione. Poi c'è stato Ernst...[6] Pietroburgo ha fatto un grande sforzo per recarsi al terzo concerto. Oggi ci accomiateremo da lui, e non sappiamo se ci saranno mazzi di fiori!...

Ma come se l'opera fosse stata il nostro unico divertimento! C'è stato ben altro, da noi. Ci sono stati ottimi balli. Ci sono state feste in maschera. Ma quell'artista mirabile ci ha di recente saputo raccontare col suo violino cosa sia una festa in maschera meridionale,[7] e io, soddisfatto da questa sua descrizione, non mi sono nemmeno recato a questi nostri innumerevoli balli in maschera settentrionali. I circhi hanno avuto successo. Si dice in giro che ne avranno anche il prossimo anno.

Avete notato, signori, come si diverte il nostro popolino durante le feste? Mettiamo che la faccenda si svolga al Giardino d'Estate. Una folla sconfinata, enorme, si muove cerimoniosa e a passo cadenzato; tutti indossano abiti nuovi. Di quando in quando le mogli dei bottegai e le fanciulle si permettono di schiacciare qualche nocciola. Da una parte risuona una musica isolata, ma il vero carattere di tutto ciò consiste nell'attesa di qualcosa, tutti hanno sul volto una domanda del tutto ingenua: che accadrà adesso? È tutto qui? Forse un qualche ciabattino tedesco ubriaco può fare un po' di confusione, ma anche questo non per molto. È come se questa folla ne avesse abbastanza delle nuove usanze, dei suoi divertimenti da cittadini della capitale. Sogna il *trepak*, la *balalaika*, la *sibirka*[8] sbottonata, vorrebbe vodka a più non posso, in una parola vorrebbe tutto quello che le permetterebbe di lasciarsi andare, sfrenarsi come se si fosse a casa propria, secondo le proprie abitudini. Ma il decoro glielo proibisce, lo rende inopportuno, e la folla dignitosa se ne torna a casa propria; non senza, s'intende, aver fatto una scappata allo "stabilimento".[9]

Ho l'impressione che in questo comportamento ci sia qualcosa di analogo al nostro, signori. Noi, certo, non manifestiamo ingenuamente il nostro stupore, non poniamo la domanda: è tutto qui? Non pretendiamo che ci sia qualcosa d'altro, sappiamo molto bene che in cambio dei nostri 15 rubli abbiamo ricevuto la nostra dose di divertimento all'europea; e per noi è sufficiente. E inoltre da noi vengono in tournée certe celebrità con tali qualifiche che non possiamo certo permetterci di lamentarci. Abbiamo poi imparato a non stupirci più di nulla. Se non si tratta di Rubini,[10] per noi non c'è cantante che valga; se l'autore non è Shakespeare, cosa si spreca il tempo a leggerlo? Che sia l'Italia a formare gli artisti, sarà Parigi a lanciarli. Abbiamo forse noi il tempo di formare, incoraggiare e lanciare un nuovo talento, un cantante, per esempio? Da laggiù ce li mandano già belli e pronti, con tanto di gloria al seguito. Come spesso accade, uno scrittore da noi non è capito ed è rifiutato da un'intera generazione; dopo qualche decennio, dopo due o tre generazioni, lo si riconoscerà, anche se i vecchi più zelanti si limiteranno a scuotere il capo, sospettosi. Conosciamo la nostra cocciutaggine: siamo spesso insoddisfatti di noi, siamo spesso arrabbiati con noi stessi e con gli obblighi che l'Europa ci ha scaricato addosso. Siamo scettici, ci piace molto essere scettici. E, brontoloni inselvatichiti, non ci abbandoniamo all'entusiasmo e dall'entusiasmo proteggiamo la nostra scettica anima slava. Alle volte verrebbe anche voglia di appassionarsi di qualcosa, ma chissà perché non è mai per la cosa giusta; e se dovessimo sbagliare, che direbbero, allora, di noi? Non per nulla ci siamo così tanto affezionati al decoro.

D'altronde, lasciamo da parte tutto ciò; meglio augurarci una buona estate, così potremo passeggiare, così ci riposeremo. Ma dove andremo, signori? A Revel', a Helsinki, al Sud, all'estero o semplicemente in villeggiatura? Che faremo, una volta laggiù? Pescheremo, balleremo (i balli estivi sono così belli!), ci annoieremo un pochettino, non abbandoneremo le nostre questioni di lavoro in città e in generale uniremo l'utile al dilettevole. Se avrete voglia di leggere, prendete i due numeri del "Contemporaneo"[11] di marzo e aprile; lì, come vi è noto, c'è il romanzo *Una storia comune*,[12] leggetelo, se non avete avuto il tempo di leggerlo in città. È un buon romanzo. Il giovane autore possiede spirito d'osservazione, in lui c'è molto ingegno; l'idea ci pare un poco arretrata, libresca, ma è esposta abilmente. D'altronde il desiderio particolare dell'autore di conservare la propria idea e chiarirla nel modo più dettagliato possibile ha conferito al romanzo una sorta di particolare dogmatismo e una sua aridità, rendendolo persino prolisso. Questo difetto non è compensato nemmeno dallo stile lieve, quasi alato, del signor Gončarov. L'autore crede alla realtà e rappresenta gli uomini così come sono. Le donne di Pietroburgo sono riuscite particolarmente bene.

Il romanzo del signor Gončarov è oltremodo interessante; ma il rendiconto dell'Associazione per le visite ai bisognosi[13] lo è ancor di più. Ci siamo particolarmente rallegrati per quest'esortazione rivolta all'intera massa del pubblico; siamo lieti di qualsiasi momento di contatto tra gli uomini, soprattutto quando aspira alla realizzazione di una buona causa. In questo rendiconto ci sono molti fatti interessanti. La cosa più interessante per noi è stata la notizia dell'insolita miseria delle casse dell'Associazione; ma non è il caso di perdere la speranza: ci sono molte persone generose. Segnaliamo il caso di quell'attendente che ha inviato venti rubli d'argento; per la sua condizione si tratta con ogni probabilità di una somma enorme. Che sarebbe se tutti mandassero soldi in proporzione alla propria condizione? Le disposizioni stabilite dall'Associazione per la distribuzione degli aiuti sono eccellenti e dimostrano uno spirito filantropico non forzato, che comprende a fondo la propria missione. A proposito dello spirito filantropico forzato; qualche giorno fa siamo passati accanto a un negozio di libri e dietro al vetro abbiamo visto l'ultimo "Eralaš".[14] Lì, in modo molto autentico e popolare, vi è descritto il filantropo per dovere, quello stesso che:

Al povero Gavrilo
Per uno jabot stropicciato
Tutto il muso ha pestato,[15]

ma che per strada si sente pervaso da autentica compassione per il prossimo. Delle altre caricature non diremo nemmeno una parola, sebbene ci siano parecchie cose centrate e attuali. Se il signor Nevachovič ce lo permette, gli racconteremo un aneddoto a proposito della filantropia. Un proprietario terriero raccontava con grande foga dell'amore che provava per l'umanità e di come comprendesse le necessità del suo secolo.

"Ecco, signor mio, i miei domestici sono suddivisi in tre categorie," raccontava, "i servi anziani, rispettabili, che hanno servito mio padre e mio nonno in modo irreprensibile e con fedeltà formano la prima categoria. Vivono in camere luminose, pulite, con ogni comodità, e mangiano quel che avanza sulla tavola dei padroni. L'altra categoria consiste nei servi che non sono né rispettabili né meritevoli, ma che comunque sono delle brave persone; li tengo in una camera comune luminosa, e durante le feste faccio loro preparare dei *pirogi*.[16] Nella terza categoria ci sono le canaglie, i farabutti e ogni genere di ladri; a loro non faccio preparare i *pirogi*, e al sabato do loro lezioni di morale. Ai cani tocca in sorte una vita da cani! Sono farabutti!"

"E ce ne sono molti di servi nella prima categoria?" venne chiesto al proprietario.

"A dir la verità..." rispose quello con un minimo d'impaccio, "per il momento nemmeno uno... il popolo è ladro e brigante, non si merita certo la filantropia."

<27 aprile>

(firmato F.D.)

Solo fino a poco tempo fa non riuscivo in alcun modo a immaginarmi un abitante di Pietroburgo se non con indosso vestaglia e berretta, chiuso in una stanza ben tappata e con l'immancabile obbligo di prendere ogni due ore un cucchiaio da tavola di una qualche medicina. Certo, non tutti erano ammalati. Ad alcuni la malattia era preclusa dagli obblighi del servizio. Altri erano protetti dalla loro natura da *bogatyr'*.[17] Ma ecco che finalmente splende il sole, e questa novità senza discussione si pone al di sopra di qualsiasi altra. Il convalescente tentenna; indeciso si toglie la berretta, incerto si dà una sistemata e alla fine acconsente ad andare a fare una passeggiata, non senza essersi prima armato di tutto punto, con tanto di giacca imbottita, pelliccia e soprascarpe. Con gradevole stupore è colpito dal tepore dell'aria, da una sorta di festosità della folla per strada, dal rumore assordante delle carrozze sul selciato ormai sgombro dalla neve. Finalmente sul Nevskij Prospekt il convalescente può respirare la prima polvere dell'anno! Il suo cuore comincia a battere e qualcosa di simile a un sorriso gli increspa le labbra, fino a quel momento serrate con aria interrogativa e diffidente. La prima polvere pietroburghese dopo il diluvio di fango e di neve fradicia non è certo meno cara al suo cuore dell'antico fumo dei patri focolari,[18] e colui che passeggia si libera a poco a poco della diffidenza e decide finalmente di godersi la primavera. In generale nell'abitante di Pietroburgo che si è deciso a godersi la primavera c'è qualcosa di bonario e di ingenuo, ed è in qualche modo impossibile non condividerne la gioia. Nell'incontrare un conoscente arriva persino a scordare la solita domanda: "Che c'è di nuovo?" e la sostituisce con un'altra, assai più interessante: "Che giornatina, vero?". Ma ben si sa che, dopo la domanda sul tempo, soprattutto quando è brutto, quella più incresciosa che si possa formulare a Pietroburgo è appunto: "Che c'è di nuovo?". Ho notato spesso che quando due conoscenti di Pietroburgo s'incontrano da qualche parte e, dopo essersi salutati vicendevolmente, si sono chiesti all'unisono: "Che c'è di nuovo?", allora nelle loro voci s'ode una sorta di sconforto pungente, qualsiasi sia stata l'intonazione con cui la conversazione ha avuto inizio. In effetti in questa domanda pietroburghese trova espressione un senso di completa disperazione. Ma la cosa più incresciosa è che spesso a formularla è un uomo del tutto indifferente, un autentico pietroburghese di Pietroburgo, che conosce perfettamente gli usi, che fin da prima sa che non gli diranno nulla in risposta, che non c'è nulla di nuovo, che egli ha già fatto questa domanda almeno mille volte, del tutto senza successo, e per questo da un pezzo s'è messo l'animo in pace, e tuttavia la formula, ed è come se s'interessasse, è come se la decenza gli imponesse di partecipare a qualcosa di sociale e di avere degli interessi pubblici. Ma di interessi pubblici... cioè, gli interessi pubblici ce li abbiamo, non stiamone a discutere. Tutti noi amiamo con ardore la patria, amiamo la nostra natia Pietroburgo, amiamo giocare a carte appena se ne presenta l'occasione: in una parola, di interessi pubblici ce ne sono molti. Ma da noi sono più di moda i *circoli*. È persino risaputo che l'intera Pietroburgo altro non è che l'insieme di un'enorme quantità di circoli, ciascuno dei quali ha il proprio statuto, le proprie regole, una propria legge, una logica e un oracolo. Ciò è in un certo senso il prodotto del nostro carattere nazionale, che ancora oggi tende a sottrarsi alla vita sociale e preferisce piuttosto guardare verso casa propria. Inoltre per una vita sociale occorre una certa arte, occorre predisporre un certo numero di condizioni favorevoli: in una parola, a casa propria si sta meglio. Qui tutto è più naturale, non occorre alcuna arte, è più tranquillo. In un circolo alla domanda: "Che c'è di nuovo?" vi risponderanno con baldanza. Alla domanda senza indugio viene attribuito un senso personale, e vi si risponderà o con un pettegolezzo, o con uno sbadiglio, o in modo tale che sarete voi a sbadigliare, con fare cinico e patriarcale. In un circolo è possibile tirare avanti in maniera pacata e piacevole la propria utile esistenza, tra uno sbadiglio e un pettegolezzo, fino al momento in cui un'influenza o una febbre perniciosa visiterà il vostro focolare domestico e voi ne prenderete commiato stoicamente, con indifferenza e ignorando beatamente come tutto ciò sia stato possibile fino a quel momento, e a cosa sia servito. Morirete nelle tenebre, al crepuscolo, in un giorno lacrimoso senza squarci di sole, in preda al dubbio di come tutto ciò abbia potuto sistemarsi a quel modo, ovvero che uno abbia vissuto (perché a quanto pare avete vissuto), abbia raggiunto qualcosa, e adesso per un qualche motivo gli tocchi immancabilmente lasciare questo mondo gradevole e pacato e trasferirsi in un mondo migliore. In alcuni circoli, d'altronde, si discute con energia di questioni serie: con foga si riuniscono persone colte e benpensanti, con accanimento si bandiscono tutti i piaceri innocenti, quali i pettegolezzi e il *préférénce* (non nei circoli letterari, s'intende), e con incomprensibile passione si commentano svariati argomenti di grande importanza. Alla fine, dopo aver commentato, discusso, risolto alcune questioni d'utilità generale ed essersi convinti vicendevolmente, l'intero circolo piomba in una sorta di irritata esasperazione, di sgradevole prostrazione. Alla fine tutti se la prendono con tutti, vengono pronunciate alcune verità spiacevoli, si fanno avanti alcune personalità di spicco e d'ampie vedute e va a finire che tutto si disperde in nulla, torna la calma, tutto s'arricchisce di solido buon senso e a poco a poco ci si sposta verso un tipo di circolo in tutto simile a quello appena descritto. Certo, è piacevole vivere così; ma alla fine suscita dispetto, un dispetto oltraggioso. A me, per esempio, nel nostro circolo patriarcale indispettisce che vi salti sempre fuori e vi si distingua un certo signore del genere più insopportabile. Questo signore, signori miei, lo conoscete benissimo. Il suo nome è "legione". Questo signore ha *buon cuore* e, oltre al *buon cuore*, non ha altro. Come se fosse una rarità, ai giorni nostri, avere buon cuore! Come se, infine, fosse così necessario averlo, quest'eterno buon cuore! Questo signore, che possiede tale magnifica qualità, viene al mondo con la piena convinzione che il suo buon cuore farà davvero sì che egli possa per sempre essere soddisfatto e felice. È così convinto del proprio successo che ha disdegnato di armarsi di un qualsiasi altro espediente lungo la via dell'esistenza. Egli, per esempio, non sa nemmeno cosa siano i freni e il ritegno: in lui tutto vi si spalanca davanti, tutto è franchezza.

Quest'uomo è estremamente incline agli innamoramenti improvvisi, alle improvvise amicizie, ed è assolutamente convinto che tutti subito ricambieranno il suo affetto, per la semplice ragione che lui vuol bene a tutti loro. Il suo buon cuore non s'è mai nemmeno sognato che non sia sufficiente voler bene ardentemente, che occorre anche possedere l'arte di farsi amare, senza la quale tutto è perduto, senza la quale la vita non è vita né per il suo cuore amante né per l'infelice che ha ingenuamente scelto come oggetto del proprio sfrenato attaccamento. Se quest'uomo si porta a casa un amico, allora l'amico subito per lui si tramuta in un mobile domestico, in qualcosa di simile a una sputacchiera. Tutto, tutto, *qualsiasi sproposito si abbia dentro*, come dice Gogol',[19] tutto vola dalla lingua al cuore amico. L'amico è costretto ad ascoltare ogni cosa e ogni cosa a compatire. Sia che a questo signore qualcosa sia andata storta nella vita, o sia stato ingannato dall'amante, o abbia perso a carte, senza indugio, senza che gli sia stato chiesto, come un orso egli cerca di penetrare con la forza nell'anima dell'amico e di effondervi senza freni tutte le proprie sciocchezze minute, spesso senza nemmeno notare che all'amico stesso la fronte freme per una sua propria preoccupazione, che gli sono morti dei figli, che alla moglie è capitata una disgrazia, che, per finire, lui stesso, questo signore con il suo cuore amante, è venuto mortalmente a noia all'amico il quale, per finire, con delicatezza gli fa presente che il tempo è magnifico e che se ne potrebbe approfittare per un'immediata passeggiata solitaria. Se s'innamora di una donna, la offende mille volte con il suo carattere naturale prima che nel suo cuore amante ne diventi consapevole; prima che si renda conto (se solo è in grado di farlo) che questa donna è nauseata dal suo amore, che, per finire, le ripugna, la disgusta stare assieme a lui e che lui ha avvelenato tutto il suo essere grazie

alle inclinazioni alla Muromec[20] del suo cuore amante. Sì! Solo nella solitudine, nel suo cantuccio e soprattutto nel circolo si sviluppa quest'opera magnifica della natura, questo *campione della nostra materia
grezza*, come dicono gli americani, nel quale non è
entrata una sola goccia d'arte, nel quale tutto è naturale, tutto è pura naturalità, senza ritegno e senza freni. Nella sua completa innocenza un uomo del genere
dimentica e non sospetta che la vita sia invece tutta
arte, che vivere significhi fare un'opera d'arte di se
stessi; che è solo in presenza di interessi generalizza-
ti, nella simpatia nei confronti della massa della società e delle sue immediate e dirette esigenze che il
suo tesoro, il suo capitale, ovvero il suo buon cuore,
si potrà smerigliare fino a diventare un diamante prezioso, autentico e splendente, e non nel torpore, non
nell'indifferenza per via della quale la massa si di-
sgrega, non nella solitudine!

Signore mio Dio! Dove sono andati a ficcarsi gli
scellerati di un tempo che affollavano i vecchi romanzi e melodrammi, signori? Quanto era piacevole quando vivevano in questo mondo! Ed era piacevole perché, proprio lì accanto, c'era anche l'uomo più virtuoso che alla fine difendeva l'innocenza e castigava il
male. Questo scellerato, questo *tirano ingrato*, nasce-
va scellerato, bell'è pronto, per una misteriosa e del
tutto incomprensibile predestinazione del destino. In
lui tutto era la personificazione della scelleratezza.
Era uno scellerato già nel ventre materno; come se
non bastasse, i suoi antenati, probabilmente presen-
tendo la sua venuta al mondo, di proposito avevano
scelto un *cognome* del tutto adeguato alla condizione
sociale del loro futuro discendente.[21] E già fin dal solo
cognome si poteva presentire che quest'uomo se ne
sarebbe andato in giro col coltello a sgozzare la gente, e non per guadagnarci qualcosa, ma così, lo sa Dio
per cosa. Come se si trattasse di una macchina per
sgozzare e dare alle fiamme. Quello sì che era bello!
Per lo meno era comprensibile. Mentre adesso lo sa

Dio di cosa parlino gli scrittori. Adesso, all'improvviso, in qualche modo viene fuori che l'uomo più virtuoso, che per di più sembrava incapace di far male a chicchessia, all'improvviso si rivela un autentico scellerato, e per di più senza nemmeno rendersene conto. E la cosa che più fa indispettire è che non c'è nessuno a notarlo, non c'è nessuno a dirglielo, e a ben vedere vive a lungo, in modo rispettabile e alla fine muore tra tali onori, con una tale glorificazione da suscitare invidia, spesso è pianto con sincerità e tenerezza, e la cosa più ridicola è che a compiangerlo è proprio la sua stessa vittima. Ma nonostante ciò al mondo a volte esiste una tale saggezza che decisamente non si capisce in che modo essa possa trovar posto tra di noi. Quanto è stato fatto a tempo perso per la felicità degli uomini! Ecco, per esempio, un episodio di qualche giorno fa: Julian Mastakovič,[22] un mio buon conoscente, persona benevola e un tempo persino quasi mio protettore, è intenzionato a sposarsi. A dir la verità, è difficile sposarsi a un'età più assennata della sua. Ancora non si è sposato, gli mancano ancora tre settimane alle nozze; ma ogni sera indossa il suo panciotto bianco, la parrucca, tutte le sue decorazioni, compra fiori e caramelle e se ne va a riverire Glafira Petrovna, la sua fidanzata, una fanciulla di diciassette anni, colma d'innocenza e del tutto ignorante di qualsiasi nefandezza.[23] Il solo pensiero di quest'ultima circostanza fa spuntare un sorrisetto davvero sottile sulle labbra zuccherine di Julian Mastakovič. No, è persino piacevole sposarsi a una simile età! A parer mio, se la si vuol dir tutta, è persino indecoroso farlo in gioventù, ovvero prima dei trentacinque anni. La passione del passero! Mentre invece, quando l'uomo si avvicina alla cinquantina, è un bene, è davvero un bene, in quanto egli ha raggiunto un certo decoro, un certo tono, una maturità fisica e morale a tutto tondo! E che idea! Un uomo ha vissuto, ha vissuto a lungo, e alla fine se l'è guadagnato... E per questo ero davvero perplesso nel vedere che da qualche giorno

Julian Mastakovič la sera camminava per il suo studio, le mani dietro la schiena, con un'espressione così spenta e biliosa che se nell'animo del funzionario che sedeva in un angolo di quello stesso studio, impegnato nel disbrigo di un mastodontico fascicolo urgente, fosse rimasto almeno qualcosa di fresco, immediatamente si sarebbe inacidito, in modo inevitabile, al semplice sguardo del suo protettore. Solo adesso ho capito di cosa si trattasse. Non volevo nemmeno raccontarvelo, dato che si tratta di una circostanza così futile, insulsa, che le persone ragionanti non dovrebbero nemmeno prendere in considerazione. In via Gorochovaja, al terzo piano, c'è un appartamento che dà sulla strada. C'era stato un momento in cui avrei voluto prenderlo in affitto. Adesso l'appartamento è occupato dalla moglie di un assessore; ovvero, un tempo era la moglie di un assessore, mentre adesso ne è la vedova, e si tratta di una signora giovane e graziosa; il suo aspetto è molto gradevole. Ed ecco che Julian Mastakovič era tormentato dalla preoccupazione di come riuscire, una volta sposatosi, a continuare a recarsi come in precedenza, anche se con minor frequenza, a trascorrere la serata da Sof'ja Ivanovna, allo scopo di discorrere con lei di una sua questione pendente in tribunale. Erano già due anni che Sof'ja Ivanovna aveva avanzato una petizione, e Julian Mastakovič s'era preso la briga di seguirla, lui che era uomo di buon cuore. Ecco perché simili rughe ne increspavano la fronte rispettabile. Ma alla fine indossava il panciotto bianco, pigliava fiori e caramelle e con aria gioiosa si recava da Glafira Petrovna. "Capitano simili felicità all'uomo," pensavo, rammentando Julian Mastakovič! "Ormai nel fiore di un'età avanzata l'uomo si trova una compagna che lo comprende davvero, una fanciulla di diciassette anni, innocente, istruita, uscita dal collegio da nemmeno un mese. E quest'uomo vivrà, e lo farà nella soddisfazione e nella felicità!" Fui così preso dall'invidia! Per di più in quel momento la giornata era così scialba e fangosa. Camminavo lungo la Sennaja...[24] Ma sono un autore di *feuilletons*, signori, devo parlarvi delle ultimissime novità, delle novità più *palpitanti*: mi è toccato utilizzare quest'espressione antiquata e rispettabile, con ogni probabilità creata nella speranza che il lettore pietroburghese palpiti davvero dalla gioia per una qualche palpitante novità, per esempio che Jenny Lind[25] si reca a Londra. Ma che gliene importa di Jenny Lind al lettore pietroburghese! Ne ha già tante di cose a cui pensare... ma di cose davvero sue, signori, decisamente no. Ed ecco che io camminavo lungo la Sennaja e meditavo su cosa scrivere. L'angoscia mi rodeva. Era un'umida mattina nebbiosa. Pietroburgo si stava destando incattivita e stizzita, come una zitella del bel mondo piena d'astio, divenuta gialla di rabbia al ballo della sera precedente. Il luogo stesso dove sorgeva la città era pieno di stizza dalla testa ai piedi. Difficile dire se avesse dormito male, se nel corso della notte la bile gli si fosse sparsa in corpo in quantità spropositate, si fosse preso un'infreddatura e gli fosse venuto il raffreddore: o se la sera prima avesse perso a carte come un ragazzino, al punto di ritrovarsi al mattino con le tasche vuote, indispettito con le mogli brutte e imbronciate, con i bambini pigri e villani, con la frotta arcigna e non sbarbata dei domestici, con i creditori giudei, con i consiglieri mascalzoni, con i calunniatori e vari altri delatori; l'unica cosa certa era che s'era arrabbiato in modo tale che era una pena guardare le sue mura umide, enormi, i suoi marmi, i bassorilievi, le statue, le colonne, che era come si fossero anch'esse arrabbiate col brutto tempo, e tremassero e serrassero i denti per l'umidità, il granito fradicio e spoglio dei marciapiedi, che sembra screpolarsi incattivito sotto ai piedi dei passanti e, per finire, i passanti stessi, d'un pallore verdastro, arcigni, per qualche motivo terribilmente risentiti, per la maggior parte ben sbarbati, che s'affrettano di qua e di là per svolgere le proprie incombenze. Tutto l'orizzonte pietroburghese aveva un'aria così immusonita, così immusonita... Pietroburgo teneva il broncio. Si vedeva che, come è d'uso in casi del genere per certi signori iracondi, aveva una voglia matta di concentrare il proprio uggioso dispetto sul primo estraneo capitato sotto mano, di litigare, di farla finita con qualcuno, di dare una bella strigliata a chicchessia, per poi filarsela da qualche parte e non restare per nulla al mondo nella palude arcigna dell'Ingermanland.[26] Persino il sole, che era sul punto di recarsi agli antipodi per le ore notturne per certe sue faccende inevitabili e che era pronto, con un sorriso così affabile e con un simile amore fastoso, a dare un bacio d'addio a questo suo bimbetto malato e vezzeggiato, si era fermato a metà strada; perplesso e con rincrescimento aveva dato un'occhiata al brontolone insoddisfatto, al bambino ingrugnito, intisichito, e tristemente s'era ritirato dietro alle nuvole plumbee. Soltanto un raggio luminoso e pieno di gioia, come se avesse ottenuto il permesso di mostrarsi agli uomini, se ne era volato fuori brioso per un attimo dall'oscurità di un viola profondo, brioso aveva scintillato sui tetti delle case, era balenato sui muri cupi, inumiditi, s'era frantumato in mille scintille in ogni goccia di pioggia ed era infine scomparso, quasi offeso dalla propria solitudine, era scomparso come scompare un entusiasmo repentino, per caso entrato in volo nella scettica anima slava, che subito ne aveva provato vergogna e l'aveva disconosciuto. Sull'istante s'era invece diffuso per Pietroburgo un noiosissimo crepuscolo. Era l'una passata, e sembrava che gli stessi orologi cittadini non riuscissero a capire appieno per quale diritto li si costringesse a battere una tale ora in una simile oscurità. A questo punto mi venne incontro una processione funebre, e subito, in qualità di autore di *feuilletons*, mi rammentai che l'influenza e la febbre cerebrale praticamente costituiscono la questione del giorno a Pietroburgo. Si trattava di un funerale imponente. Il protagonista dell'intera carovana, in una ricca bara, con fare solenne e cerimonioso, si dirigeva con i piedi in avanti verso l'alloggio più comodo del mondo. Una lunga fila di cappuccini, che spezzavano con gli stivali pesanti i rami d'abete sparsi per terra, spargeva odore di resina per l'intera via. Il cappello piumato posto sopra alla bara secondo l'etichetta parlava ai passanti del grado del dignitario.[27] Le decorazioni lo seguivano adagiate su dei cuscini. Accanto alla bara singhiozzava un colonnello inconsolabile, già del tutto incanutito, con ogni probabilità il cognato, ma forse si trattava di un cugino. Nella lunga fila di carrozze balenavano, come si conviene, volti forzatamente funerei, serpeggiava il pettegolezzo che non muore mai e allegri ridevano i bambini con le fascette bianche del lutto cucite ai vestiti. Provai una sorta di malinconia, di dispetto, e io, che non ho assolutamente l'abitudine di prendermela con chicchessia, con l'espressione più rabbuiata e persino con un'aria di profonda offesa, accolsi la cortesia di un cavallo flemmatico e spossato, che se ne stava lì su quattro zampe, pacificamente in fila, che già da tempo aveva finito di masticare l'ultimo ciuffo di fieno rubato a un carro che a sua volta se ne stava lì accanto, e che per il non aver nulla di cui occuparsi s'era deciso a fare lo spiritoso, ovvero a scegliere il passante dall'aria più arcigna e affaccendata (e con ogni probabilità era me che aveva preso per tale), afferrarlo delicatamente per il colletto o per la manica, tirarlo verso di sé e poi, come se nulla fosse, mostrare a me, che rabbrividivo e sussultavo per via dei malinconici pensieri di quella mattina, il muso virtuoso e barbuto. Povera brenna! Me ne tornai a casa e mi stavo apprestando a scrivere la mia cronaca quando, senza sapere io stesso come, aprii una rivista e mi misi a leggere un racconto.[28]

In questo racconto si parlava di una famiglia moscovita del ceto medio, priva d'istruzione. Vi si diceva anche qualcosa a proposito dell'amore, ma a me non piace leggere cose del genere, signori, non so come la pensiate voi. E fu come se all'improvviso mi ritrovassi a Mosca, nella patria lontana. Se non avete letto questo racconto, signori, allora leggetelo. Che altro potrei dire, in effetti, di nuovo, di migliore di questo? Che sul Nevskij Prospekt spuntano fuori sempre nuovi omnibus, che per tutta la settimana la Neva ha suscitato l'interesse generale, che nei salotti si continua ancora a sbadigliare, in giorni stabiliti, attendendo con impazienza l'estate. È questo che volete sentire? Ma tutto ciò vi è già venuto a noia da un pezzo, signori. Ecco che avete letto la descrizione di mattinata nordica: non vi basta forse l'angoscia che ne esala? Quindi, in un'ora piovosa, nel corso di quella stessa mattinata piovosa, leggete questo racconto su una famigliola moscovita e sullo specchio di famiglia che s'è rotto. Per me è stato come se avessi visto, ancora nella mia infanzia, quella povera Anna Ivanovna, e conosco anche Ivan Kirilyč. Ivan Kirillovič[29] è una brava persona, solo che quando l'ora è lieta, quando è sotto l'effetto di un buon bicchiere, ama fare lo spiritoso. Ecco, la moglie è malata e ha paura della morte. E lui in presenza delle altre persone comincia a ridere e, da parte, per scherzare, porta il discorso su quando, una volta vedovo, si risposerà. La moglie si fa coraggio, si fa coraggio, si mette a ridere con grande sforzo, che farci, suo marito è fatto così. Ecco invece che s'è rotta la teiera; è vero, costa un sacco di soldi; ma in presenza di estranei lei comunque si vergogna quando il marito comincia a rimproverarla e a rimbrottarla per la sua goffaggine. Ed ecco che è arrivato carnevale. Ivan Kirillovič non è in casa. A sera, come di soppiatto, si sono riunite molte amichette della figlia maggiore, Olen'ka. Ci sono anche parecchi giovanotti, ci sono dei ragazzini vivaci; c'è anche un certo Pavel Lukič, che sembra uscito da un romanzo di Walter Scott. Questo Pavel Lukič ha suscitato un certo scompiglio tra tutti i presenti, e ha proposto di giocare a mosca cieca. La malata Anna Ivanovna aveva avuto una sorta di presentimento ma, trascinata dal desiderio generale, ha autorizzato il gioco. Ah, signori, sono passati solo quindici anni da quando io stesso giocavo a mosca cieca! Che razza di gioco! E questo Pavel Lukič! Non per nulla Sašen'ka, un'amica di Olen'ka, dagli occhi neri, stringendosi alla parete e tremando nell'attesa, mormora tra sé di essere perduta. È così terribile Pavel Lukič, e ha gli occhi bendati. Capita quindi che i ragazzini più piccoli si vanno a rimpiattare in un angolo sotto una sedia e si mettono a rumoreggiare accanto allo specchio; Pavel Lukič si precipita verso il rumore, lo specchio barcolla leggermente, si stacca dai ganci arrugginiti, da sopra la sua testa vola sul pavimento e va in mille pezzi. Ah! Mentre leggevo era come se io stesso avessi rotto quello specchio! Era come se fossi io il colpevole di ogni cosa. Anna Ivanovna impallidisce; tutti scappano via, vengono presi da un terrore panico. Che sarebbe successo? Con timore e impazienza attendevo l'arrivo di Ivan Kirillovič. Pensavo ad Anna Ivanovna. Ed ecco che a mezzanotte quello se ne torna a casa ubriaco. Sul terrazzino d'ingresso gli va incontro una serpe delatrice, la nonna, un vecchio tipo moscovita, e gli sussurra qualcosa, probabilmente a proposito della *disgrazia* accaduta. Il mio cuore cominciò a battere forte, e all'improvviso la tempesta ebbe inizio, dapprincipio con rumore e frastuono, poi a poco a poco si calmò: sentivo la voce di Anna Ivanovna che chiedeva: "Che accadrà?". Tre giorni più tardi fu costretta a letto, un mese dopo morì di tisi galoppante. Ma come, per uno specchio rotto? Possibile? Già, e tuttavia lei è morta. Che fascino alla Dickens era soffuso nella descrizione degli ultimi istanti di quella vita quieta, ignota ai più!

Niente male nemmeno la parte che riguarda Ivan Kirillovič. Quasi uscì di senno. Si precipitò lui stesso in farmacia, litigò col medico e continuò a piangere per il fatto che la moglie lo stava lasciando! Sì, mi sono venute in mente molte cose. Anche a Pietroburgo ce ne sono molte di famiglie come questa. Io personalmente ho conosciuto un Ivan Kirillovič. E dappertutto di loro ce n'è in abbondanza. Vi ho parlato di questo racconto, signori, perché io stesso ero intenzionato a narrarvene uno... Ma sarà per un'altra volta. E, visto che ci siamo, parliamo di letteratura. Abbiamo sentito che molti sono soddisfatti della stagione letteraria invernale. Non c'è stato nulla di clamoroso e nemmeno nulla di particolarmente vivace, né discussioni all'ultimo sangue: tuttavia hanno fatto la loro comparsa alcune riviste e alcuni giornali nuovi.[30] È come se tutto si fosse fatto più serio, più severo; in tutto c'è maggiore armonia, maturità, riflessione, consenso. In verità il libro di Gogol'[31] ha fatto molto rumore all'inizio dell'inverno. Particolarmente straordinario è stato l'unanime giudizio espresso da quasi tutti i giornali e le riviste, che di regola si contraddicono a vicenda per via del loro orientamento.

Scusate tanto, ho dimenticato la cosa principale. Ce l'ho avuta sempre in testa mentre raccontavo, ma poi m'è sfuggita di mente. Ernst[32] farà ancora un concerto; l'incasso andrà a favore dell'Associazione per le visite ai bisognosi e dell'Associazione di beneficienza germanica. Non staremo a dire che il teatro sarà pieno, di questo siamo convinti.

<11 maggio>

(firmato F.D.)

Avete idea, signori, di quanto valga, nella nostra vasta capitale, un uomo che abbia sempre in serbo una qualche novità, che nessuno ancora conosce, e che soprattutto abbia il talento di raccontarla in modo gradevole? A parer mio, egli è quasi un grand'uomo; ed è fuor di discussione che avere in serbo una novità è meglio dell'essere in possesso di un capitale. Quando un pietroburghese viene a conoscenza di una qualche rara novità e vola a raccontarla, fin da prima avverte una sorta di voluttà spirituale; la voce gli s'affievolisce e trema per il godimento, ed è come se il suo cuore sguazzasse in un brodo di giuggiole. Oh, nell'istante in cui ancora non ha comunicato la sua novità, in cui si precipita dai conoscenti attraversando il Nevskij Prospekt, d'un colpo si sbarazza di tutte le sue contrarietà; arriva persino a riprendersi (da quel che è dato vedere) dai malanni più radicati, ed è persino pronto a perdonare i propri nemici. Egli è al tempo stesso magnanimo e oltremodo grande. E perché mai? Perché l'uomo di Pietroburgo in un momento di tale solennità è consapevole di tutto il proprio valore, di tutta la propria importanza e se ne concede il merito. E non solo. Io, ma con ogni probabilità anche voi, signori, conosciamo parecchie persone che (non fosse che in circostanze del tutto particolari) per nulla al mondo lasceremmo entrare una seconda volta nella nostra anticamera, e nemmeno andare in visita dal nostro cameriere. Brutta situazione! Questa persona capisce da sola di essere in colpa, e assomiglia moltissimo a un cagnetto che ha abbassato orecchie e coda ed è in attesa degli eventi. E all'improvviso giunge il suo momento; quella stessa persona bussa spavalda alla vostra porta, con aria di sufficienza, passa accanto al lacchè stupefatto, disinvolta e con la faccia raggiante vi porge la mano, e voi subito sapete che quella persona ha pieno diritto di farlo, in quanto è a conoscenza di una novità, di un pettegolezzo o di una qualsiasi cosa molto piacevole; una simile persona non avrebbe mai osato venirvi a trovare senza una simile circostanza. E voi prestate ascolto non senza godimento, a meno che non assomigliate a quella rispettabile dama del gran mondo che non amava affatto le novità, ma che con piacere si lasciava raccontare l'aneddoto di quella moglie che insegnava l'inglese ai suoi bambini, e al tempo stesso picchiava il marito con la verga.[33]

Il pettegolezzo è cosa gustosa, signori! Ho spesso pensato che, se da noi a Pietroburgo facesse la sua apparizione un talento tale da scoprire, per la piacevolezza del vivere in comune, un qualcosa di nuovo, qualcosa che non è mai stato in alcun paese, allora davvero non ho idea di quanti soldi potrebbe mettere assieme un uomo simile. Ma noi invece continuiamo ad accontentarci dei nostri chiacchieroni nostrani, degli scrocconi e dei tipi spassosi di casa nostra. Tra loro ci sono autentici maestri! È portentoso il modo in cui è fatta la natura umana! All'improvviso, e tuttavia nient'affatto per viltà, l'uomo si trasforma non in un uomo, ma in un moscerino, nel più semplice, minuscolo moscerino. Il volto muta e si copre di un umidore che in realtà non è umidore, ma una sorta di particolare colorito lucente. L'altezza si fa all'improvviso molto più bassa della vostra. Il senso di indipendenza viene completamente annientato, ed egli vi guarda negli occhi con l'espressione di un cagnetto in attesa di un buon bocconcino. Non solo, nonostante indossi una magnifica marsina, viene colto da un accesso di espansività e si stende sul pavimento, sbatte gioioso il codino, mugola, lecca, non inghiotte il bocconcino fino a quando non gli si dice: "Mangia!", disdegna il pane azimo e, quel che è più ridicolo, quel che è più divertente, non perde minimamente il proprio decoro. Lo conserva, sacro e intatto, persino ai vostri occhi, e tutto ciò avviene nel modo più naturale. Voi, certo, siete un Attilio Regolo dell'onore, o per lo meno un Aristide, in una parola, siete pronto a morire per la verità. Voi vedete attraverso il vostro omettino come se fosse fatto di vetro. L'omettino, per parte sua, afferma d'essere del tutto trasparente; e la cosa fila liscia come l'olio, e voi state bene, e l'omettino non perde il suo decoro. Il fatto è, signori, che egli vi elogia. Cosa che certo non è bene, non si deve elogiare in modo così palese; indispettisce, disgusta; ma alla fine noterete che l'uomo elogia in modo intelligente, che sta precisamente mettendo in mostra quello che a voi stessi piace molto della vostra persona. Di conseguenza c'è dell'intelligenza, c'è del tatto, c'è persino del sentimento, c'è una conoscenza del cuore; poiché egli riconosce in voi cose che forse persino il mondo vi nega, ingiustamente, s'intende, per pura invidia. Chi può saperlo, dite alla fine, forse non è un leccapiedi, ma solo così, è un tipo troppo ingenuo e sincero; perché poi, infine, respingere un uomo fin dalla prima volta? E un uomo del genere riceve tutto quel che voleva ottenere, come quell'ebreuccio che supplicava il *pan*[34] di non comprargli la merce, no! Perché comprarla? Ma di limitarsi a dare un'occhiata al suo fagottino, per poi sputare sulla merce dell'ebreuccio e andarsene per la sua strada. L'ebreo apre il fagotto, e il *pan* compra tutto quello che l'ebreuccio voleva vendere. E per giunta il nostro omettino della capitale non agisce per viltà. Perché usare parole altisonanti? Si tratta di un'anima tutt'altro che meschina; l'anima è intelligente, l'anima è cara, l'anima è sociale, è un'anima che desidera ricevere, un'anima che cerca, un'anima mondana, è vero, un'anima che corre un po' troppo avanti, ma comunque un'anima non dico come quella di tutti, ma almeno come quella di molti. E tutto questo va così bene anche perché senza di lei, senza una simile anima, tutti morirebbero di noia o si sbranerebbero l'un l'altro. La duplicità, il lato nascosto, la maschera, sono una brutta faccenda, sono d'accordo, ma se nel momento presente tutti si mostrassero così come sono, sarebbe, in nome di Dio, ancora peggio.

E tutte queste utili riflessioni mi sono venute in mente nello stesso momento in cui tutta Pietroburgo se ne è andata a passeggio al Giardino d'Estate e sul Nevskij Prospekt per mostrare i suoi nuovi abiti primaverili.

Mio Dio! A proposito di certi incontri fatti sul Nevskij Prospekt si potrebbe scrivere un intero libro. Ma voi, signori, conoscete così bene tutto questo sulla base della vostra piacevole esperienza che a parer mio non c'è nessun bisogno di scriverlo. Mi è invece venuta un'altra idea: e precisamente che a Pietroburgo si sperpera terribilmente. Sarebbe curioso sapere se a Pietroburgo ce ne sono molte di persone alle quali i soldi bastano per tutto, ovvero persone, come si suol dire, "abbienti" a tutti gli effetti. Non so se ho ragione, ma mi sono sempre immaginato Pietroburgo (se mi si consente il paragone) come il figlioletto minore, viziato, di un paparino rispettabile, un uomo dei vecchi tempi, ricco, generoso, assennato e oltremodo bonario. Alla fine il paparino s'è ritirato dagli affari, s'è stabilito in campagna ed è tutto contento di poter indossare, nel suo buco sperduto, una finanziera di nanchino senza infrangere le convenienze. Ma il figlioletto è stato mandato altrove, il figlioletto deve studiare tutte le scienze, il figlioletto deve essere un giovane europeo, e il paparino, non fosse altro per quanto sentito dire a proposito dell'istruzione, vuole assolutamente che il figlioletto sia il giovanotto più istruito. Il figlioletto senza indugio fa proprie le cognizioni più superficiali, si avventura nella vita, si procura un abito all'europea, si provvede di baffi, di un pizzetto, e il paparino, senza notare affatto che nello stesso tempo il figlioletto s'è emancipato, ha acquisito una sua esperienza, s'è fatto indipendente e, in un modo o nell'altro, vuole vivere a modo suo, e a vent'anni ha già appreso più di quanto avrebbe appreso nel corso di tutta una vita vivendo secondo gli usi degli antenati, il paparino, vedendo con orrore il pizzetto, vedendo che il figlioletto attinge a piene mani dall'ampia tasca paterna, notando infine che è anche un poco eretico e fa il sornione, brontola, s'arrabbia, dà la colpa tanto all'istruzione che all'Occidente e, soprattutto, si stizzisce per il fatto che "le stesse uova stanno cominciando a dar lezioni alla gallina". Ma il figlioletto ha bisogno di vivere e ha cominciato con una tale foga che la sua giovanile baldanza dà di che pensare. Quel che è certo è che sperpera con una certa vivacità. Ecco, per esempio, è terminata la stagione invernale, e Pietroburgo, per lo meno secondo il calendario, appartiene alla primavera. Le lunghe colonne dei giornali cominciano a riempirsi dei nomi di coloro che sono sul punto di partire per l'estero. Con vostro stupore noterete immediatamente che Pietroburgo è in condizioni assai peggiori dal punto di vista della salute che del denaro. Confesso che, quando ho messo a confronto questi due disturbi, sono stato preso da un terrore panico al punto che ho cominciato a pensare di non trovarmi nella capitale, ma in un lazzaretto. Ho subito però stabilito che mi inquietavo per nulla e che il borsellino del paparino di provincia era ancora abbastanza rigonfio e ben fornito.

Vedrete con che sfarzo inaudito si stabiliranno in villeggiatura, che abiti inconcepibili variegheranno coi loro colori i boschetti di betulle e come tutti saranno felici e soddisfatti. Sono persino assolutamente convinto che anche un poveretto diventerà sull'istante felice e soddisfatto nel contemplare questa gioia generale. Per lo meno vedrà gratuitamente qualcosa che per nessuna quantità di denaro si potrebbe vedere in nessun'altra città del nostro vasto stato.

Ma a proposito del poveretto... Abbiamo l'impressione che tra tutte le possibili forme di povertà la più ripugnante, la più detestabile, ingrata, meschina e lurida sia quella della gente del bel mondo, per quanto rara essa sia, ovvero quella povertà che ha dilapidato l'ultima copeca, ma per necessità se ne va in giro in carrozza, schizza fango sul passante che col lavoro onesto e il sudore della fronte si guadagna il pane, e, indipendentemente da qualsivoglia circostanza, ha servitori con cravatte e guanti bianchi. Questa miseria prova vergogna a chiedere l'elemosina, ma non si vergogna di riceverla nel modo più sfrontato e impudente. Ma basta parlare di una simile sporcizia! Auguriamo in tutta sincerità ai pietroburghesi di divertirsi in villeggiatura e di sbadigliare un po' meno. È ben noto che lo sbadiglio, a Pietroburgo, è una malattia, proprio come l'influenza, le emorroidi, come la febbre, una malattia dalla quale da noi a lungo non ci si libera con nessuna cura, nemmeno con le cure pietroburghesi all'ultima moda. Pietroburgo si alza sbadigliando, sbadigliando svolge le proprie faccende, sbadigliando si va a coricare. Ma ancor più si ritrova a sbadigliare durante le feste in maschera e all'opera. E intanto da noi l'opera ha raggiunto la perfezione. Le voci dei mirabili cantanti sono a tal punto sonore e pure che già cominciano a risvegliare echi gradevoli in tutto il nostro vasto stato, in tutte le città, le cittadine, i paesi e i villaggi. Ormai chiunque sa che a Pietroburgo c'è l'opera, e chiunque ne prova invidia. Ma intanto, malgrado tutto, Pietroburgo s'annoia un pochettino, e sul finire dell'inverno l'opera le viene a noia proprio come... be', come per esempio l'ultimo concerto della stagione invernale. Con quest'osservazione non intendo minimamente riferirmi al concerto di Ernst,[35] eseguito per generoso scopo filantropico. Si è verificata una strana storia: a teatro c'era una tale ressa che alcuni spettatori, per salvarsi la vita, hanno preso la decisione di fare una passeggiata al Giardino d'Estate, che come a bella posta era stato aperto al pubblico per la prima volta, ed è per questo che alla fine la sala del concerto è risultata piuttosto vuota. Ma ciò è avvenuto unicamente per un equivoco, e la raccolta dei soldi per i poveri è stata un successo. Abbiamo sentito che molti hanno mandato il loro contributo, ma di persona non si sono presentati, proprio per timore della terribile ressa. Un timore del tutto naturale.

Voi non vi potete immaginare, signori, che compito piacevole sia parlarvi delle novità pietroburghesi e scrivere per voi la cronaca di Pietroburgo! Dirò di più: non si tratta nemmeno di un compito, ma di un estremo piacere. Non so se riuscite a cogliere tutta la mia gioia. Ma, davvero, è anche oltremodo piacevole riunirsi, starsene seduti e conversare di interessi di carattere generale. A volte sono persino pronto a mettermi a cantare dalla gioia quando mi reco in società e vedo uomini oltremodo costumati e seri che si sono dati convegno, siedono assieme e cerimoniosi dissertano di un qualche argomento, senza al tempo stesso perdere in alcun modo la loro dignità. Di cosa dissertino, questa è un'altra questione, a volte mi scordo persino di prestare attenzione al discorso generale, a tal punto sono soddisfatto dal semplice quadro che mi offre questa decorosa assemblea ivi riunita. Il cuore mi si riempie dell'entusiasmo più deferente.

Ma fino a questo momento non sono ancora riuscito a penetrare il senso, il *contenuto* di quello di cui parlano le persone di mondo in società, le singole persone, intendo, e non le persone riunite in un *circolo*. Dio solo sa di cosa si tratti! Certo, senza dubbio di qualcosa di inesprimibilmente incantevole, giacché sono tutte persone così serie e perbene, e tuttavia non si riesce a capirci niente. Si ha sempre l'impressione che la conversazione sia appena iniziata, che i suonatori stiano accordando gli strumenti; ve ne state lì un paio d'ore, ed è sempre come se si fosse sul punto di cominciare. A volte si può avere l'impressione che si stia parlando di certi argomenti seri, di argomenti che suscitano riflessioni, ma poi, quando ci si domanda di cosa si sia parlato, non si riuscirà in alcun modo a sapere di cosa precisamente; forse di guanti, o di economia rurale, o del fatto che "l'amore femminile duri o meno nel tempo"? Di modo che, lo confesso, a volte è come se venissi assalito dall'angoscia. È come quando voi, per esempio, in una serata buia ve ne tornate a casa, guardandovi attorno distratto e rattristato, e all'improvviso sentite della musica. Un ballo, proprio un ballo! Nelle finestre illuminate a giorno balenano le ombre, si ode il fruscio e lo scalpiccio, è come se s'udisse il mormorio seducente del ballo, un robusto contrabbasso romba, stride un violino, la folla, le luci, i gendarmi all'ingresso, voi passate accanto, distratto, agitato; in voi s'è risvegliato il desiderio di qualcosa, una brama. È come se aveste sentito la vita, e intanto ve ne potete portar via solo un suo pallido motivo incolore, un'idea, un'ombra, quasi nulla. E passate oltre, come se vi fosse sfuggita una qualche certezza: avete sentito qualcosa, avete sentito che attraverso il motivo incolore della nostra vita ordinaria ne risuona un altro, colmo di un vigore e di una tristezza che trafiggono da parte a parte, come nel ballo dei Capuleti di Berlioz.[36] L'angoscia e il dubbio rodono e lacerano il cuore, come quell'angoscia che emana dalla lunga melodia sconfinata di un mesto canto russo, e vi echeggia un suono familiare, che ci chiama:

Prestate orecchio... echeggiano altri suoni...
Mestizia e avida sete di baldoria...
È il brigante che ha intonato il canto,
O è la fanciulla nell'ora triste del distacco?
No, sono i falciatori che tornano dai campi...
Chi mai ha composto loro la canzone?
Come sarebbe, chi? Guardati attorno:
I boschi, le steppe di Saratov...[37]

Pochi giorni fa si è celebrato il *semik*.[38] Si tratta di una festa popolare russa. Con questa festa il popolo accoglie la primavera, e in tutta la sconfinata terra russa si intrecciano ghirlande. Ma a Pietroburgo il tempo era freddo e morto. Nevicava, le betulle ancora non erano rinverdite, per di più alla vigilia la grandine aveva colpito le gemme sugli alberi. Il giorno era in tutto simile a novembre, quando s'aspetta la prima neve, quando la Neva sospinta dal vento si agita tumultuosa e il vento con gemiti e fischi imperversa per le vie, facendo cigolare i lampioni. Ho sempre l'impressione che con un tempo simile i pietroburghesi siano terribilmente arrabbiati e tristi, e il cuore mi si rannicchia in petto, assieme al mio *feuilleton*. Ho sempre l'impressione che tutti loro, con angoscia risentita, se ne restino seduti in casa impigriti, chi sfogando l'anima in pettegolezzi, chi accogliendo il giorno litigando a muso duro con la moglie, chi chinandosi rassegnato sulle carte della burocrazia, chi dormicchiando dopo il *préférence* della notte precedente, pronto a svegliarsi per una nuova mano, chi preparandosi nel suo cantuccio solitario un caffè scadente, subito assopendosi cullato dal gorgoglio irreale dell'acqua che ribolle nella caffettiera. Ho l'impressione che chi passa per strada non pensi affatto né alla festività né agli interessi comuni, che lì, sotto la pioggia, ci siano solo una radicata preoccupazione, e il contadino barbuto, che pare stia meglio sotto alla pioggia che sotto al sole, e il signore con la pelliccia di castoro, uscito con un tempo così umido e gelido al solo scopo di investire il proprio capitale... In poche parole, non è bene, signori!...[39]

<1 giugno>

(firmato F.D.)

Adesso che ci siamo del tutto tranquillizzati riguardo all'incertezza della stagione in cui ci troviamo, e ci siamo convinti che non si tratta di un secondo autunno, ma della primavera, che finalmente s'è decisa a tramutarsi in estate; adesso che una prima verzura smeraldina attira a poco a poco l'abitante di Pietroburgo verso i luoghi di villeggiatura e verso nuovo fango primaverile, la nostra Pietroburgo se ne resta deserta, si riempie di ciarpame e spazzatura, si ristruttura, viene ripulita, ed è come se riposasse, come se per un breve momento smettesse di vivere. Una sottile polvere bianca forma uno strato denso nell'aria arroventata. Frotte di lavoratori, con calce, cazzuole, martelli, scuri e altri attrezzi si propagano sul Nevskij Prospekt come se si trovassero a casa propria, quasi se lo fossero preso in appalto, e guai al passante, al bighellone o all'osservatore che non è pronto ad accettare l'idea di passeggiare ricoperto dalla farina sparsa nell'aria, in tutto simile a un Pierrot al carnevale di Roma.[40] La vita di strada s'assopisce, gli attori prendono le ferie in provincia, i letterati *riposano*, caffè e negozi si svuotano... Che resta da fare a quei cittadini che la necessità costringe a trascorrere l'estate nella capitale? Studiare l'architettura delle case, osservare come si rinnova e si ristruttura la città? Certo, un'occupazione importante e persino, a suo modo, edificante. L'abitante di Pietroburgo è a tal punto distratto durante l'inverno, gli viene offerta una tale quantità di piaceri, affari, incombenze, *préférence*, pettegolezzi e vari altri svaghi e, oltre a ciò, c'è talmente tanto fango che è difficile che abbia il tempo di guardarsi attorno, di esaminare Pietroburgo con più attenzione, di studiarne la fisionomia e leggere la storia della città e di tutta la nostra epoca in quella massa di pietre, in quegli edifici sfarzosi, nei palazzi, nei monumenti. Ed è difficile che a qualcuno venga in mente di ammazzare il tempo prezioso in una occupazione così innocente e poco redditizia. Ci sono abitanti di Pietroburgo che anche per più di dieci anni non hanno messo il naso fuori del loro quartiere, e che conoscono bene solo quell'unica strada che li conduce al dicastero dove prestano servizio. Ce ne sono di quelli che non sono mai stati all'Ermitage, o al Giardino botanico, o in un museo, o persino all'Accademia di belle arti; che persino, infine, non hanno mai usato la strada ferrata.[41] E, tra le altre cose, lo studio di una città non è affatto cosa inutile. Non ricordo quando, ma tempo addietro m'è capitato di leggere un libro francese che consisteva tutto di opinioni sull'attuale condizione della Russia.[42] Certo è già noto in cosa consistano le opinioni degli stranieri a proposito della Russia contemporanea: non fanno che lamentarsi della nostra ostinata resistenza a farci misurare con l'*aršin* europeo.[43] Ma, nonostante ciò, il libro del famigerato turista è stato letto con avidità in tutta Europa. Tra le altre cose vi si afferma che non esiste nulla di più privo di carattere dell'architettura pietroburghese[44]; che in essa non v'è nulla che colpisca in modo particolare, *nulla di nazionale*, e che l'intera città è una ridicola caricatura delle altre capitali europee; che, per finire, Pietroburgo, non fosse altro che dal punto di vista architettonico, rappresenta un così strano miscuglio che non si smette mai di spalancare la bocca e stupirsi a ogni piè sospinto. Architettura greca, architettura romana, architettura bizantina, architettura olandese, architettura gotica, architettura rococò, l'ultimissima architettura italiana, la nostra architettura ortodossa: tutto ciò, sostiene il viaggiatore, è rimescolato e rimesso assieme nel modo più spassoso e, in conclusione, non c'è un solo edificio davvero bello! Quindi il nostro turista si profonde in lodi rispettose nei confronti di Mosca per il Cremlino,[45] a proposito del quale si effonde in una serie di frasi retoriche, ampollose, elogia il carattere nazionale moscovita, ma maledice le carrozzelle in quanto si sono allontanate dalla *linejka*[46] antica, patriarcale, e in tal modo, sostiene, in Russia scompare tutto quanto c'è di patrio e nazionale. Ne vien fuori che il russo si vergogna del proprio spirito nazionale, in quanto non vuole più viaggiare come un tempo, temendo giustamente di rendere in qualche modo la propria anima a Dio utilizzando l'equipaggio dei suoi padri. Questo l'ha scritto un francese, ovvero un uomo intelligente come lo sono quasi tutti i francesi, ma superficiale e fanatico fino all'idiozia; che non riconosce nulla che non sia francese, né nelle arti, né nella letteratura, né nelle scienze, né persino nella storia popolare e, soprattutto, capace di risentirsi per il fatto che esista un qualche altro popolo che abbia una sua storia, una sua idea, un suo carattere popolare e una sua evoluzione.[47] Ma con quale abilità questo francese, s'intende senza rendersene conto, è riuscito a cogliere alcune nostre idee che non possiamo definire propriamente russe, ma che sono oziose e staccate dalla pratica. Sì, il francese scorge con precisione il carattere nazionale russo in quello in cui lo vogliono vedere in molti al giorno d'oggi, ovvero nella lettera morta, nell'idea che ha fatto il suo tempo, nei mucchi di pietre, che dovrebbero ricordare l'antica Rus'[48] e, per finire, nel rivolgersi cieco, senza riserve a un'antichità remota, patria. È fuor di dubbio che il Cremlino sia un monumento assai venerabile di un'epoca da tempo trascorsa. Si tratta di una rarità d'antiquariato, alla quale si guarda con particolare curiosità e grande rispetto; ma quel che non riusciamo a capire è in cosa rappresenti il nostro carattere nazionale! Esistono quei monumenti nazionali che sopravvivono al loro tempo e smettono di essere nazionali. Si dice: il popolo russo conosce il Cremlino moscovita, è religioso e da ogni angolo della Russia vi confluisce per venerare le reliquie dei taumaturghi moscoviti. D'accordo, ma in questo non c'è nulla di particolare; il popolo si reca a frotte a pregare a Kiev, all'isola Soloveckij, al lago Ladoga, sul monte Athos, a Gerusalemme, dappertutto. Ma conosce la storia dei nostri prelati, dei santi Pëtr e Filipp? No, di certo, e conseguentemente non ha la benché minima conoscenza di due importantissimi periodi della storia russa. Si dice: il nostro popolo venera la memoria degli antichi zar e dei principi della terra russa, sepolti nella cattedrale dell'Arcangelo di Mosca. D'accordo, ma che cosa sa il popolo degli zar e dei principi della terra russa prima dei Romanov? Ne conosce tre *di nome*: Dmitrij Donskij, Ioanna il Terribile e Boris Godunov[49] (le ceneri di quest'ultimo sono sepolte nel Monastero della Trinità). Ma Boris Godunov il popolo lo conosce soltanto perché ha costruito il campanile "Ivan il Grande",[50] e a proposito di Dmitrij Donskij e Ivan Vasil'evič racconta tali cose curiose che è meglio nemmeno ascoltarle. Anche le rarità del Palazzo delle Faccette[51] gli sono del tutto sconosciute, ed è probabile che ci siano delle ragioni per una simile ignoranza dei propri monumenti storici da parte del popolo russo. Ma allora si dirà: che c'entra il popolo? Il popolo è oscuro e ignorante, e allora si chiamerà in causa la società, la gente istruita; ma anche l'entusiasmo della gente istruita nei confronti dell'antichità patria, e la brama senza riserve nei suoi confronti ci sono sempre parse un entusiasmo forzato, cerebrale, romantico, un entusiasmo da studioso, e infatti chi, da noi, conosce la storia? Sono assai note le leggende storiche; ma la storia al giorno d'oggi è più che mai una questione impopolare, da studiosi, l'ambito dei dotti, che discutono, dissertano, confrontano e non riescono a trovare un accordo nemmeno sulle idee più basilari; cercano le chiavi per una spiegazione possibile di certi fatti che oggi più che mai sono diventati enigmatici. Non staremo a discutere: nessun russo può restare indifferente al cospetto della storia della propria stirpe, sotto qualsiasi aspetto questa storia gli venga mostrata; ma pretendere che tutti abbiano dimenticato e gettato da parte la propria contemporaneità a beneficio di alcuni monumenti venerandi, che possiedono un valore archeologico, sarebbe al massimo grado ingiusto e assurdo.

Non così è Pietroburgo. Qui a ogni piè sospinto si vede, s'ascolta e s'avverte il momento contemporaneo e l'idea del momento presente. È vero, sotto un certo aspetto qui tutto è caos, tutto è mescolanza; molto può essere alimento per la caricatura; ma tuttavia tutto è vita e movimento. Pietroburgo è la testa e il cuore della Russia.[52] Siamo partiti dall'architettura della città. Persino tutta questa sua varietà di caratteri testimonia la presenza di un'unità di pensiero e di un'unità di movimento. Questa fila di edifici in stile olandese ci ricorda i tempi di Pietro il Grande. Questo edificio alla Rastrelli[53] ci ricorda il periodo di Caterina, quello in stile greco e romano ci riporta a un'epoca più tarda, ma tutti assieme ci ricordano la storia della vita europea di Pietroburgo e della Russia intera. E ancora oggi Pietroburgo è immersa nella polvere e nei calcinacci, ancora adesso la si edifica e la si costruisce; il suo futuro è ancora in un'idea, ma quest'idea appartiene a Pietro I, si incarna, cresce e si radica di giorno in giorno non solo nella palude pietroburghese, ma in tutta la Russia, che tutta vive della sola Pietroburgo. Ormai tutti hanno avvertito in sé la forza e il bene della direzione intrapresa da Pietro, e ormai tutti gli strati sociali sono chiamati all'azione comune dell'incarnazione del suo grande pensiero.

Ne consegue che tutti cominciano a vivere. Tutto (l'industria, i commerci, le scienze, la letteratura, l'istruzione, il principio e la struttura della vita sociale), tutto vive e si sorregge con la sola Pietroburgo. Tutti, persino coloro che non vogliono farsene una ragione, già sentono e percepiscono una nuova vita e a questa nuova vita tendono. E chi mai, ditemelo, potrà condannare un popolo che sotto alcuni aspetti ha dimenticato senza volerlo i propri tempi remoti e venera e rispetta solo ciò che è moderno, ovvero quel momento in cui per la prima volta ha cominciato a vivere? No, nella tendenza contemporanea noi non vediamo la scomparsa, ma il trionfo del carattere nazionale, che a quanto pare non soccombe così facilmente all'influsso europeo, come molti invece pensano. Secondo noi sano e integro è quel popolo che ama davvero il suo momento presente, quello in cui sta vivendo, ed è in grado di comprenderlo. Un simile popolo può vivere, e la vitalità e i principi gli sono assicurati nei secoli dei secoli.

Mai si è parlato così tanto della tendenza attuale, dell'idea attuale, eccetera, come adesso, in questi ultimi tempi. Mai la letteratura, come pure qualsiasi espressione della vita sociale, hanno suscitato una tale curiosità. La stagione invernale pietroburghese, quella più attiva e produttiva, termina solo ora, nel momento presente, ovvero alla fine di maggio. A questo punto escono gli ultimi libri, terminano i corsi negli istituti superiori, si svolgono gli esami, arrivano nuovi abitanti dalla provincia, e ognuno riflette sul futuro inverno e sulla propria futura attività, qualsiasi essa sia, e in qualsiasi modo si svolga tale riflessione. Se esaminerete l'ultima stagione vissuta da Pietroburgo più che mai vi convincerete dell'attenzione sociale per il nostro momento presente. Certo non stiamo a dire che la nostra vita contemporanea sfrecci come un vortice, come un uragano, al punto da far mancare il fiato, da incutere paura e da privare del tempo di voltarsi a guardare indietro. No, si ha piuttosto l'impressione che noi ancora ci si stia apprestando a radunarci, a darci da fare, a far bagagli e fagotti, come capita a una persona che s'accinge a un lungo viaggio. Il pensiero contemporaneo non sfreccia verso l'ignoto senza voltarsi indietro; e inoltre ha persino una certa paura di un'andatura troppo elevata. Al contrario, è come se si fosse arrestato a una tappa intermedia già nota, sia giunto fino a un suo confine possibile e si stia orientando, rovisti tutt'attorno a sé, si stia saggiando. Quasi tutti iniziano a esaminare, analizzare tanto il mondo, che gli altri, che se stessi. Tutti si esaminano e si misurano gli uni con gli altri con sguardi curiosi. Si fa avanti una sorta di generale passione per la confessione. Le persone si raccontano, si descrivono accuratamente, si analizzano al cospetto del mondo, spesso con dolore e tormenti. Migliaia di nuovi punti di vista ormai si spalancano dinnanzi a queste persone, che mai avevano nemmeno sospettato di possederne uno su un qualsiasi argomento. Altri pensavano che gli attacchi provenissero da persone immorali, importune, persino da certi mascalzoni, come conseguenza di una qualche rabbia o odio segreto. Pensavano che le aggressioni si sarebbero rivolte solo verso certe note classi della società, e così calunniavano, condannavano, istigavano l'opinione pubblica, ma adesso è venuto meno anche questo inganno; se la prendono a male più di rado, hanno capito e compreso per bene che l'analisi non risparmia nemmeno coloro che la svolgono e che alla fin fine è meglio conoscere se stessi che risentirsi con i signori autori, che sono le persone più pacifiche del mondo e non hanno il minimo desiderio di offendere nessuno. Ma quelli che più di tutti si sono indispettiti sono alcuni signori dei quali, a quanto pare, nessuno s'era minimamente interessato, ai quali, s'ignora il perché, è sembrato che li si prendesse di mira, che li si volesse immischiare in una qualche storia equivoca e sgradevole per l'opinione pubblica; in generale si sono verificati diversi aneddoti assai poco chiari e fino a questo momento inspiegabili e, davvero, sarebbe estremamente interessante tratteggiare la fisiologia di questi signori così permalosi. Si tratta infatti di un tipo particolare, assai curioso. Alcuni di loro hanno protestato con tutte le loro forze contro la generale corruzione dei costumi e l'oblio delle convenienze sociali, in virtù di non si sa quale principio particolare che suonava più o meno così: "Anche se non si parla di me, anche se si tratta di qualcun altro, ma comunque perché stampare queste cose e perché permettere di stamparle?". Altri dicevano che comunque al mondo c'era anche la virtù, che essa al mondo esisteva, che la sua esistenza era già dettagliatamente formulata e dimostrata in modo inconfutabile in molte opere morali ed edificanti, principalmente nei libri per l'infanzia, e quindi non c'era motivo di preoccuparsi per lei, di cercarla dappertutto e pronunciarne invano il sacro nome. Certo, persone del genere hanno lo stesso bisogno della virtù che delle ghiande dell'anno passato (è inoltre assolutamente ignoto perché fosse loro venuto in mente che la questione riguardasse la virtù); ma al primo grido hanno cominciato a impensierirsi, ad agitarsi, hanno preso ad arrabbiarsi e a subodorare l'immoralità. Guardandoli capitò che un altro signore, anch'egli dall'aspetto rispettabile, che fino a quel momento aveva vissuto pacifico e quieto, all'improvviso, di punto in bianco, s'alzasse dal proprio posto, s'arrabbiasse pure lui e cominciasse a strombazzare ai quattro venti di essere un uomo d'onore, di essere una persona rispettabile e che non avrebbe permesso che lo si offendesse. Alcuni di codesti signori sono arrivati a ripetere così spesso di essere persone nobili e onorate che alla fine si sono convinti seriamente dell'irrefutabilità delle proprie bizzarre affermazioni e si sdegnavano sul serio se in qualche modo avevano il sospetto che il loro nome rispettabile non venisse pronunciato con il dovuto rispetto. Per finire, a un terzo signore, una brava persona già ragionevolmente avanti negli anni, all'improvviso han cominciato a strombazzare in entrambe le orecchie che tutto ciò che fino a quel momento egli aveva venerato come la virtù e la morale più elevate, all'improvviso s'era fatto non virtuoso, né morale, ma qualcos'altro, nient'affatto bello, e che il tutto era opera delle tali e tal altre persone. In una parola, in molti, davvero in molti si son sentiti assai indispettiti; hanno dato l'allarme, sono insorti, si son messi a strepitare, ad agitarsi, a gridare e alla fine sono arrivati al punto di provar loro stessi vergogna delle proprie grida. Adesso questo accade più di rado.

La comparsa di alcune associazioni dedite alla beneficenza e alla cultura che si sono venute a formare in questi ultimi tempi, la tenace attività nel mondo letterario e accademico, la comparsa di alcuni nuovi nomi di grande rilievo nelle scienze e nella letteratura, di alcune nuove pubblicazioni e riviste hanno attirato e attirano l'attenzione di tutto il pubblico e tra il pubblico trovano una profonda simpatia. Nulla sarebbe più ingiusto che accusare la nostra letteratura di sterilità e di immobilismo nel corso della passata stagione. Alcuni romanzi e novelle apparsi in varie edizioni periodiche hanno incontrato un pieno successo.[54] Sulle riviste sono apparsi alcuni articoli sorprendenti, per lo più da parte della critica scientifica e letteraria, della storia russa e della statistica, sono comparsi in volumi a parte anche alcuni libri e fascicoli storici e statistici.[55] È stata realizzata l'edizione di classici russi di Smirdin,[56] che è stata coronata dal più completo successo e che continuerà senza interruzioni. Ha fatto la sua comparsa l'opera completa di Krylov.[57] Il numero degli abbonati a riviste, giornali e altre pubblicazioni ha raggiunto dimensioni enormi, e il fabbisogno di letture ha cominciato a diffondersi in tutti i ceti sociali. La matita e il cesello degli artisti non sono rimasti inoperosi; la magnifica iniziativa dei signori Bernardskij e Agin – l'edizione illustrata delle *Anime morte* – si sta approssimando alla sua conclusione, e non ci si stancherà mai di lodare la coscienziosità di questi due artisti.[58] Alcuni dei *polytypages* sono stati terminati in modo magnifico, di modo che sarebbe difficile desiderare qualcosa di meglio. M. Nevachovič, per il momento il nostro unico caricaturista, prosegue il suo Eralaš[59] senza interruzione e senza posa. Fin dall'inizio la novità e l'originalità di una simile pubblicazione hanno attirato con decisione la curiosità generale. E in effetti è difficile immaginarsi un momento più favorevole di quello presente per la comparsa di un *artista*-caricaturista. Di idee ce ne sono molte, prodotte e vissute dalla società; non c'è motivo di rompersi la testa per scovare soggetti, anche se spesso abbiamo sentito dire: "Di cosa si potrebbe parlare o scrivere?". Ma quanto più l'artista è dotato di talento, tanto maggiori saranno i mezzi coi quali far pervenire il proprio pensiero alla società. Per lui non esistono né ostacoli né le abituali difficoltà, per lui di soggetti ce n'è una marea, sempre e dappertutto, e in questo stesso secolo l'artista può trovare dappertutto pane per i suoi denti, e parlare di tutto quel che vuole. Inoltre tutti hanno l'esigenza di esprimere in qualche modo il proprio parere, tutti hanno l'esigenza di raccogliere e prendere in considerazione quanto viene detto... Un'altra volta parleremo più nel dettaglio delle caricature del sig. Nevachovič... Si tratta di un argomento più importante di quanto possa sembrare a prima vista.

<15 giugno>

(firmato F.D.)

Mese di giugno, caldo, città vuota; tutti sono in villeggiatura e vivono di impressioni, si godono la natura. C'è qualcosa di inesplicabilmente ingenuo, qualcosa di persino toccante nella nostra natura pietroburghese quando, in modo come del tutto inaspettato, all'improvviso palesa tutta la sua potenza, tutte le sue forze, si ricopre di verzura, se ne orla, se ne agghinda, si screzia di fiori... Non so per qual motivo mi fa venire in mente quella fanciulla tisica e acciaccata, alla quale a volte rivolgete uno sguardo compassionevole, a volte d'amore pieno di pietà, a volte invece nemmeno notate, ma che all'improvviso, per un attimo e come senza intenzione, si fa bella in modo portentoso e inspiegabile, e voi, stupefatti, sbalorditi, senza volerlo vi chiedete quale forza abbia obbligato a risplendere di un simile fuoco quegli occhi sempre mesti e pensosi, cosa abbia fatto affluire il sangue a quelle guance pallide, che cosa abbia infuso passione e desiderio in quei teneri tratti del viso, per qual motivo si sollevi a quel modo il suo petto, che cosa abbia inaspettatamente richiamato forza, vitalità e bellezza sul volto di questa donna, gli abbia imposto di risplendere di un simile sorriso, l'abbia ravvivato con una risata così smagliante, abbagliante. Vi guardate attorno, cercate qualche cosa, fate delle congetture... Ma l'attimo trascorre e, forse, già il giorno successivo incontrerete di nuovo quello stesso sguardo mesto e pensoso, distratto, lo stesso viso pallido, la stessa mansuetudine di sempre, la stessa timidezza nei movimenti, l'estenuazione, la fiacchezza, l'angoscia sorda e persino tracce di una sorta di vano e mortale dispetto per il trasporto di un attimo. Ma a che servono i paragoni? Interessano forse a qualcuno adesso? Ci siamo trasferiti in villeggiatura per vivere in modo spontaneo, contemplativo, senza paragoni e opinioni, per goderci la natura, riposare, oziare a volontà e lasciare le inutili e faticose sciocchezze quotidiane e il loro ciarpame negli alloggi invernali, rimandando il tutto a un tempo più consono. Ho un conoscente, d'altronde, che pochi giorni fa ha affermato che noi non sappiamo nemmeno poltrire come si deve, che poltriamo con difficoltà, senza godimento, in modo inquieto, che il nostro riposo è sempre come febbrile, agitato, cupo e insoddisfatto, che ci portiamo sempre dietro la nostra capacità di analisi, di confronto, e lo sguardo scettico, e un secondo fine, e tra le mani abbiamo sempre una qualche questione quotidiana eterna, infinita, fissa nella nostra mente; che noi, infine, siamo pronti all'ozio e al riposo come se si trattasse di una faccenda calamitosa e grave, che se, per esempio, vogliamo godere della natura, è come se dalla settimana precedente avessimo segnato sul calendario che il tal giorno alla tal ora lo avremmo fatto. Tutto ciò ricorda molto quel tedesco scrupoloso che, partendo da Berlino, con grande tranquillità annotò nel suo taccuino quanto segue: "Nel passare attraverso la città di Norimberga, non scordarsi di prendere moglie". Il tedesco, certamente, innanzitutto aveva in mente un suo sistema, e vi era a tal punto affezionato da non avvertire l'assurdità di quanto andava scrivendo; e in effetti non è possibile non riconoscere che le nostre azioni non sono mai ispirate da alcun sistema, e ogni cosa viene fatta seguendo una sorta di predeterminazione tutta orientale. Il mio conoscente aveva in parte ragione: è come se noi trascinassimo a stento il fardello dell'esistenza, con fatica, per obbligo, solo che ci vergogniamo a confessare che abbiamo perso le forze e siamo esausti. Ma è dunque vero che siamo andati in villeggiatura per riposare e godere della natura? Date prima un'occhiata a quel che come se nulla fosse ci siamo portati dietro nel varcare le porte della città. Non solo non ci siamo lasciati alle spalle, non fosse che per l'anzianità di servizio, alcunché di vecchiotto e d'invernale: al contrario, abbiamo delle novità, viviamo di ricordi e vecchi pettegolezzi, e le solite faccenduole quotidiane vengono fatte passare per nuove. Altrimenti ci s'annoia, altrimenti tocca persino provare cosa sia un *préférence* giocato al canto d'un usignolo e a cielo aperto, cosa che, d'altronde, viene comunque fatta. Oltre a ciò, noi in parte non siamo fatti per godere della natura, e per di più dalle nostre parti la natura, come conoscendo questa nostra caratteristica, fa una certa fatica a manifestarsi al meglio. Per cui, per esempio, in noi è così ben sviluppata una sgradevolissima abitudine (non discutiamo tuttavia che essa possa essere anche assai utile nella nostra economia generale): quella di volere sempre, a volte senza particolare necessità, ma così, per consuetudine, dare credito e considerare con estrema esattezza le nostre impressioni, e soppesare il godimento che è ancora solo futuro, imminente, che ancora non esiste, apprezzarlo e restarne appagati fin da prima, nei sogni, restare appagati dalle fantasie e, naturalmente, essere in seguito del tutto inetti al cospetto del fatto reale. Noi maciulliamo sempre il fiore, lo tormentiamo, per sentirne più forte l'odore, e dopo ci lamentiamo, quando invece dell'aroma ce ne resta soltanto il puzzo. Del resto è difficile dire cosa potrebbe capitarci se non ci venissero concessi almeno questi pochi giorni nel corso di un intero anno e non appagassimo la nostra sete eterna e insaziabile di vita spontanea e naturale con la varietà dei fenomeni della natura. E infine come non stancarsi, come non cadere in uno stato di debolezza, se si inseguono in eterno le impressioni, come quando si cerca il ritmo in una brutta poesia, tormentandosi per la brama di una attività esteriore, concreta, e riducendosi infine ad avere una mortale paura delle proprie illusioni, delle chimere generate dalla nostra mente, della nostra disposizione al sogno e di tutti quei mezzi ausiliari coi quali ai giorni nostri si cerca in qualche modo di integrare tutto il vuoto infiacchito di una vita oltraggiata e incolore. E la brama d'attività in noi arriva a una sorta di impazienza febbrile, incontenibile: tutti vogliono un'occupazione seria, alcuni con l'ardente desiderio di fare del bene, di portare un giovamento, e ormai cominciano a poco a poco a capire che la felicità non sta nell'avere la possibilità sociale di sedere con le mani in mano e magari, per variare un po', mettersi a fare lo sbruffone se capita l'occasione, ma nell'avere un'attività regolare e indefessa e nello sviluppare nella pratica tutte le nostre inclinazioni e capacità. E ce ne sono forse molti tra noi che svolgono le proprie attività, come si suol dire, *con amore*,[60] con piacere? Si dice che noi russi si sia pigri per natura, e ci piaccia evitare di fare le cose, e che se le cose ci vengono imposte allora le facciamo in un modo che è meglio lasciar perdere. Ma è proprio vero tutto ciò? E in quali esperienze trova conferma questo nostro tratto nazionale tutt'altro che invidiabile? In generale da noi da qualche tempo si fa un gran gridare a proposito della diffusa indolenza, dell'inerzia, ci si esorta l'un l'altro a svolgere un'attività migliore e più utile anche se, lo si deve ammettere, spesso ci si limita all'esortazione. E in tal modo, senza un vero motivo, si è pronti a dare la colpa forse anche al proprio fratello, e questo soltanto perché il fratello non è capace di mordere abbastanza forte, come già Gogol' aveva una volta notato.[61] Ma provate voi stessi a fare il primo passo, signori, verso *un'attività migliore e utile*, e presentatecela in una qualsiasi forma; mostrateci una *cosa da fare* e, soprattutto, *risvegliate il nostro interesse* per essa, concedeteci di farla e mettete in moto la nostra creatività individuale. Siete o non siete capaci di farlo, signori istigatori? No, qui c'è poco da dare la colpa, qui si parla solo a vanvera! Il punto è proprio che qui da noi è come se la cosa da fare venisse di per sé, che a noi arrivasse dall'esterno, e non corrispondesse a un nostro particolare interesse, e proprio qui si manifesta una capacità tipicamente russa: fare la cosa per forza, male e senza scrupolo e, come si suol dire, lasciarsi completamente andare. Questa proprietà delinea chiaramente una nostra abitudine nazionale e si manifesta in tutto, persino nei fatti più insignificanti del vivere comune. Da noi, per esempio, se non si hanno i mezzi per vivere in palazzi da gran signori o per abbigliarsi come si conviene a persone per bene, abbigliarsi *come tutti* (ovvero come davvero pochi), allora il nostro cantuccio assai spesso assomiglia a una stalla, e le vesti si riducono a un'indecenza al limite del cinismo. Se l'uomo non è soddisfatto, se non ha i mezzi per esprimere e manifestare quel che in lui c'è di meglio (non per amor proprio, ma come esigenza naturale in ogni individuo di conoscere, attuare e determinare il proprio Io nella vita reale), allora subito va a finire in una qualche disavventura incredibile; allora, con licenza parlando, si inciuchisce, allora si abbandona al gioco delle carte e alla truffa, ai duelli, o, per finire, esce di senno per l'*ambizione*, anche se al tempo stesso tra sé disprezza l'ambizione e soffre persino all'idea di dover patire per simili minuzie quali l'ambizione. Se si considera la cosa, si arriva senza volerlo a una conclusione quasi ingiusta, quasi offensiva, ma dall'aria del tutto verosimile, ovvero che in noi ci sia una scarsa coscienza della nostra dignità; che in noi ci sia poco di quell'indispensabile egoismo e che noi infine non si sia abituati a compiere il bene senza la prospettiva di una qualsiasi ricompensa. Date per esempio da fare una qualsiasi cosa a un tedesco scrupoloso, sistematico, una cosa che vada contro qualsiasi sua tendenza o inclinazione, e limitatevi a spiegargli per bene che questa attività gli aprirà delle porte, sfamerà, per esempio, lui e la sua famiglia, l'aiuterà a farsi strada, lo condurrà allo scopo desiderato, e così via: il tedesco si metterà subito all'opera, la porterà a termine senza fare la minima obiezione, arriverà persino a introdurre una qualche innovazione nel proprio lavoro. Ma questo è un bene? In parte no; perché in questo caso si giunge a un altro estremo preoccupante, all'immobilità inerte che a volte esclude completamente l'uomo e al suo posto inserisce un sistema, un obbligo, una formula e un assoggettamento incondizionato alle usanze avite, anche se le usanze avite non sono adatte ai criteri dell'epoca presente. La riforma di Pietro il Grande, che aveva creato nella Rus' la libera attività, non sarebbe stata possibile con la presenza di un simile elemento nel nostro carattere nazionale, un elemento che spesso assume una forma d'ingenua bellezza, ma che a volte è invece oltremodo comico. Avrete notato che il tedesco a volte se ne resta nel ruolo di fidanzato fino a cinquant'anni, dà lezioni ai figli di un proprietario russo, accumula copeche e alla fine s'accoppia con nozze legali con la sua fedele ed eroica Minnchen, a quel punto rinsecchita dopo il lungo nubilato.[62] Il russo non resisterebbe, piuttosto metterebbe fine al fidanzamento, oppure *si lascerebbe andare*, o farebbe qualcos'altro, e a questo punto si può con una certa ragione dire il contrario del ben noto adagio: "Quel che al tedesco ingrassa, al russo strozza". Ma sono forse molti tra di noi, russi, ad avere i mezzi per fare le proprie cose con amore, come si deve? Perché ogni cosa esige piacere, esige amore in chi la fa, esige l'uomo nel suo complesso. Sono in molti, per concludere, ad aver trovato una propria attività? E alcune attività esigono il possesso di determinati mezzi, di determinate garanzie, mentre per altre faccende l'uomo non è portato, così che si rinuncia e tutto va a finire a carte quarantotto. Allora nelle personalità avide di attività, avide di vita istintiva, avide di realtà, ma al tempo stesso deboli, femminee, tenere, a poco a poco si genera quel che viene chiamata un'indole sognatrice, e alla fine l'uomo non è più uomo, ma uno strano essere di genere neutro, *il sognatore*. Ma lo sapete cosa sia un sognatore, signori miei? È l'incubo di Pietroburgo, è il peccato fatto persona, è la tragedia, silenziosa, misteriosa, cupa, assurda, con tutti i suoi orrori sfrenati, con tutte le catastrofi, le peripezie, gli intrecci dell'azione e i suoi scioglimenti, e tutto questo non lo stiamo dicendo per scherzare. Vi sarà capitato d'incontrare un uomo distratto, dallo sguardo appannato e vago, spesso col volto pallido, sbattuto, sempre come occupato da qualche penosa faccenda, per la quale non trova soluzione, alle volte estenuato, svigorito, come a seguito di fatiche sfibranti, ma che in effetti non ha fatto proprio alcunché: tale si presenta il sognatore dall'esterno. Il sognatore è sempre difficile da sopportare, perché è instabile fino al limite estremo: ora è troppo allegro, ora invece troppo incupito, ora è villano, ora pieno d'affetto e premure, ora egoista, ora capace di sentimenti nobilissimi. Questi signori non sono affatto adatti a prestare servizio e, anche se lo fanno, non sono comunque affatto capaci di fare alcunché e si limitano a *tirare avanti*, il che, in sostanza, è ancora peggio dell'ozio vero e proprio. Provano una profonda repulsione per qualsiasi formalità e, ciò nonostante, e proprio perché sono mansueti, miti e hanno paura che li si vada a toccare, sono loro i primi formalisti. Ma, quando sono a casa loro, hanno un aspetto del tutto differente. Per lo più vivono in profonda solitudine, in cantucci inaccessibili, come cercandovi un rifugio nascosto alla gente e al mondo, e in generale in loro c'è persino qualcosa di melodrammatico che salta all'occhio al primo sguardo. Sono burberi e poco loquaci con i famigliari, sprofondati in se stessi, ma amano molto tutto ciò che è indolente, lieve, contemplativo, tutto ciò che agisce dolcemente sul sentimento o che risveglia la sensazione. Amano leggere, e leggere libri di qualsiasi genere, persino quelli seri, specialistici, ma di solito, giunti alla seconda, terza pagina, li lasciano perdere, perché già completamente appagati. La loro fantasia, mobile, volatile, lieve, è già stata ridestata, la loro capacità di percepire impressioni è ormai strutturata, e un intero mondo di sogni, con gioie, dolori, con inferno e paradiso, con donne incantevoli, imprese eroiche, con un'attività nobile, sempre con una sorta di pugna gigantesca, con delitti e ogni possibile orrore, all'improvviso s'impadronisce della realtà tutta dell'essere stesso del sognatore. La stanza scompare, anche lo spazio, il tempo si ferma o vola così veloce che un'ora trascorre in un minuto. A volte intere notti passano in modo impercettibile nei piaceri ora descritti; a volte in alcune ore si vive il paradiso dell'amore o un'intera vita colossale, gigantesca, inaudita, bizzarra come un sogno, colma di una bellezza grandiosa. Per un qualche ignoto arbitrio il polso si fa veloce, sgorgano lacrime, le guance pallide e umide ardono d'un fuoco febbrile, e quando l'aurora balena con la sua luce rosata alla finestra del sognatore, egli è pallido, malato, travagliato e felice. Si lascia cadere sul suo giaciglio quasi privo di conoscenza e, assopendosi, ancora a lungo prova una sensazione fisica di doloroso piacere nel cuore... I momenti in cui torna alla realtà sono tremendi; l'infelice non li sopporta e senza indugio torna a ingurgitare il proprio veleno in dosi sempre più massicce. Di nuovo un libro, un motivo musicale, un qualche ricordo del passato, vecchio, preso dalla vita reale, in una parola una delle mille cause, le più insignificanti, e il veleno è pronto, e di nuovo la fantasia si delinea chiara, sfarzosa si sparge sul canovaccio rabescato e bizzarro della quieta, misteriosa fantasticheria. Per strada cammina a capo chino, prestando poca attenzione a coloro che lo circondano, a volte dimenticando anche qui completamente la realtà, ma se dovesse accorgersene, allora il più banale dettaglio quotidiano, la questione più insignificante, triviale, subito in lui acquisterebbero un colorito fantastico. Persino lo sguardo è costruito in modo tale da vedere in ogni cosa la componente fantastica. Le imposte chiuse in pieno giorno, la vecchia storpia, il signore che gli viene incontro agitando le braccia e ragionando a voce alta tra sé, come tra l'altro se ne incontrano così tanti, un quadretto famigliare alla finestra di un'umile casetta: tutto ciò è già quasi un'avventura.

L'immaginazione è pronta; subito viene generata un'intera storia, una novella, un romanzo... Non di rado la realtà produce sul cuore del sognatore un'impressione opprimente, ostile, ed egli s'affretta a rifugiarsi nel suo cantuccio recondito, dorato, che spesso in effetti è invece polveroso, trascurato, disordinato e sporco. A poco a poco il nostro originale comincia a rifuggire la folla, a rifuggire gli interessi comuni, e a poco a poco, quasi impercettibilmente, in lui comincia ad affievolirsi la capacità di vivere una vita reale.

In maniera del tutto naturale comincia a sembrargli che i piaceri che la sua fantasia arbitraria gli procura siano più completi, opulenti e amabili della vita vera. Per finire, preda del suo errore, egli perde davvero quell'istinto morale grazie al quale l'uomo è in grado di apprezzare tutta la bellezza di ciò che è autentico, sbanda, si smarrisce, si lascia sfuggire i momenti di felicità reale e, in preda all'apatia, incrocia pigramente le braccia e si rifiuta di capire che la vita umana è un ininterrotto processo di analisi profonda della natura e della realtà concreta. Ci sono sognatori che arrivano a festeggiare anniversari con le loro sensazioni fantastiche. Spesso prendono nota della data del mese in cui sono stati particolarmente felici e in cui la loro fantasia ha assunto una forma particolarmente piacevole, e se in quel momento stavano vagando nella tal via o stavano leggendo il tal libro, o avevano visto la tal donna, allora immancabilmente cercheranno di ripetere proprio la stessa cosa anche il giorno dell'anniversario delle proprie impressioni, riproducendo e rammentando fin nei minimi dettagli la loro imputridita e infiacchita felicità. E non è forse una tragedia una vita simile? Non è forse un peccato e un orrore? Non è una caricatura? E non siamo forse noi tutti, chi più, chi meno, dei sognatori?...

La vita in campagna, colma di impressioni che vengono dall'esterno, la natura, il movimento, il sole, la vegetazione e le donne, che d'estate son così belle e buone, tutto ciò fa un gran bene alla salute dell'abitante di Pietroburgo, malato, strano e incupito, nel quale la giovinezza si deteriora così in fretta, così in fretta avvizziscono le speranze, così in fretta si rovina la salute e l'uomo nel suo complesso si trasforma completamente. Il sole da noi è un ospite così raro, la vegetazione un gioiello così prezioso, e siamo così assiduamente abituati ai nostri cantucci invernali, che la novità delle abitudini, il cambiamento di luogo e di vita non possono che farci del bene. La città invece è così sontuosa e deserta, anche se ci sono delle persone strambe che la preferiscono d'estate piuttosto che in qualsiasi altro momento dell'anno! Per di più la nostra povera estate è così breve; nemmeno t'accorgi, e già ingialliscono le foglie, sfioriscono gli ultimi, rari fiori, arriva l'umidità, la nebbia, si fa avanti di nuovo l'autunno malaticcio, la vita, spintonando, riprende il suo solito corso... Una prospettiva sgradevole, per lo meno in questo momento.

Note ai testi

Le notti bianche

[1] Citazione imprecisa tratta dalla poesia di Sergej Ivanovič Turgenev (1818-1883) *Cvetok* (Il fiorellino). Date le caratteristiche del testo, preferisco non intervenire con note esplicative, ma lasciarlo fluire nella sua musicalità, rimandando alla *Postfazione* per tutte le necessarie spiegazioni relative a luoghi e personaggi citati.

[2] In italiano nel testo.

La cronaca di Pietroburgo

[*] Tutte le informazioni relative ai 5 *feuilletons* della *Cronaca di Pietroburgo* sono contenute nella *Postfazione*.

[1] Echi dei versi di Aleksandr Sergeevič Puškin (1799-1837) contenuti nell'*Evgenij Onegin* (1823-1831): "Se ne è andato l'amore, giunta è la musa..." (capitolo I, strofa LIX).

[2] Eco di una battuta di Repetilov (atto IV, scena 4), personaggio dell'opera teatrale *Gore ot uma* (Che disgrazia l'ingegno, scritta nel 1823, ma pubblicato nel 1833) di Aleksandr Sergeevič Griboedov (1795-1829).

[3] Nell'inverno del 1846 il conte Jules de Suzor tenne un corso di letteratura francese all'Università di Pietroburgo e una serie di conferenze sullo stesso argomento a Mosca. Si parla poi del riminese Alessandro Guerra (1790-1856), che nel 1845 aveva costruito nell'attuale piazza Teatral'naja (del teatro) una struttura in legno per ospitare il suo *Cirque Olympique*. La sua *troupe* era formata da 40 artisti e 50 cavalli, e in breve entrò in competizione con il *Cirque de Paris* di Paul Cuzent e Jean Lejars, a testimonianza della grande popolarità goduta in Russia già nell'Ottocento dall'arte circense.

[4] Letteralmente "allodole". Si tratta di panini dolci a forma di uccellino, preparati tradizionalmente all'inizio della primavera.

[5] Teresa de Giuli Borsi (1817-1877), cantante dell'opera italiana che nella stagione 1846-1847 aveva sostituito la celebre Pauline Viardot (1821-1910), ottenendo un inaspettato successo. Lo stesso Turgenev, che della Viardot era innamorato, fu costretto a scrivere dei riscontri positivi

ottenuti dall'italiana. Carlo Guasco (1813-1876) e Lorenzo Salvi (1810-1879) erano anch'essi rispettivamente un tenore drammatico e un tenore dell'opera italiana.

[6] Heinrich Wilhelm Ernst (1814-1865) fu un violinista e compositore moravo. Tra il 1840 e il 1850 fu invitato in svariati teatri europei in qualità di virtuoso.

[7] Il 22 febbraio 1847 Ernst aveva eseguito a Pietroburgo *Il Carnevale di Venezia* di Paganini.

[8] Ovvero tre elementi tipici della tradizione popolare russa: il *trepak*, una danza di origine cosacca (Čajkovskij la inserì nel secondo atto dello *Schiaccianoci*); la *balalajka*, il tipico strumento a corde russo; e la *sibirka*, veste in forma di caffettano corto, con pieghe e la vita segnata.

[9] Ovvero un locale dove era possibile bere.

[10] Giovanni Battista Rubini (1794-1854), leggendario tenore italiano, si esibì in Russia tra il 1843 e il 1845.

[11] Ovvero il "Sovremennik", rivista fondata da Puškin nel 1836 e successivamente diretta da Pëtr Aleksandrovič Pletnëv (1791-1866) e, a partire dal 1847, da Nikolaj Aleksandrovič Nekrasov (1821-1878) e Ivan Ivanovič Panaev (1812-1862). Fu l'organo principale dell'Occidentalismo. Dopo il 1862 divenne il punto di riferimento dei giovani progressisti e rivoluzionari. Fu chiusa nel 1866.

[12] Opera prima di Ivan Aleksandrovič Gončarov (1812-1891), pubblicata su "Il contemporaneo" tra il marzo e l'aprile 1847. Vi si narra di un giovane sognatore romantico che rinuncia ai propri ideali per fare carriera.

[13] Associazione fondata a Pietroburgo nel gennaio 1847; il rendiconto venne pubblicato sui "Sankt-Peterburgskie Vedomosti" (Annali di San Pietroburgo) nel febbraio 1847.

[14] Letteralmente "guazzabuglio", raccolta di caricature pubblicata tra il 1846 e il 1849 da Michail L'vovič Nevachovič (1817-1850).

[15] Citazione dalla poesia di Denis Vasil'evič Davydov (1784-1839) *Sovremennaja pesnja* (Canto contemporaneo, 1836), molto popolare in quegli anni.

[16] Sorta di *pie* ripieno di farcia dolce o salata.

[17] Eroe dell'epos popolare russo, caratterizzato tra l'altro da grande prestanza fisica.

[18] Perifrasi dei versi della poesia *Arfa* (L'arpa, 1798) di Gavriil Romanovič Deržavin (1743-1816): "La patria e il fumo ci sono dolci e cari", ripresi da Griboedov in *Che disgrazia l'ingegno!* (Atto I, scena 7) e ispirati dal detto latino *Dulcis fumus patriae*.

[19] Nella terza delle *Quattro lettere a differenti destinatari a proposito delle* Anime morte (contenuta nei *Vybrannye mesta iz perepiski s druz'jami*, Passi scelti dalla corrispondenza con gli amici, 1847) Gogol' afferma che, per liberarsi dei lati negativi della propria personalità, aveva cominciato a trasmetterli ai suoi personaggi.

[20] Uno dei *bogatyr'* dell'epos russo, noto per la sua forza straordinaria.

[21] Questa l'allusione all'importanza dei *noms parlants* verrà ampiamente trattata nella *Postfazione*.

[22] Si veda la *Postfazione*.

[23] Dostoevskij era rimasto profondamente colpito dal matrimonio tra la sorella Varvara Michajlovna (1822-1893), diciottenne, con il tutore Pëtr Andreevič Karepin (1796-1850), che all'epoca delle nozze aveva quarantaquattro anni.

[24] La piazza Sennaja (da *seno*, "fieno") all'epoca era sede di un mercato ed era un luogo piuttosto malfamato. Verrà spesso ricordata nelle opere di Dostoevskij, da *Prestuplenie i nakazanie* (Delitto e castigo, 1866) a *Podrostok* (L'adolescente, 1875).

[25] Jenny Lind (1820-1887) fu un mezzo soprano di origine svedese assai celebre all'epoca. Nel 1847 si recò effettivamente in tournée a Londra.

[26] Antico nome della regione dove venne costruita Pietroburgo.

[27] Si trattava cioè di un Consigliere di V classe, un grado piuttosto elevato della tabella dei ranghi in vigore nella Russia zarista, che gli consentiva di indossare cappelli piumati. L'appartenenza a una classe implicava infatti un particolare abbigliamento: i membri delle classi più elevate (I-IV) potevano, per esempio, indossare cappotti con la fodera rossa. Per le classi più modeste esistevano delle vere e proprie divise civili, con colori differenti a seconda del grado.

[28] Si allude al racconto *Sboev* di Pëtr Nikolaevič Kudrjavcev (1816-1858), che usava anche lo pseudonimo di A. Nestroev, pubblicato sul n° 3 degli "Otečestvennye zapiski" (Annali patrii) del 1847. Il racconto era stato lodato da Belinskij in un suo articolo.

[29] Il primo patronimico è dato in forma contratta, usata nel linguaggio famigliare o popolaresco.

[30] Il 1847 aveva visto la comparsa di alcune riviste mensili quali il "Žurnal obščepolesnych svedenij" (Rivista di informazioni di pubblica utilità), il "Muzykal'nyj svet" (Il mondo musicale), la "Novaja biblioteka dlja vospitanija" (La nuova biblioteca per l'educazione), il "Magazin ženskogo rukodelija" (La bottega dei lavori femminili); e un giornale, il "Moskovskij gorodskoj listok" (La pagina cittadina moscovita).

[31] Si tratta del già citato *Passi scelti* di Gogol', che alla sua comparsa aveva suscitato un acceso dibattito nel mondo culturale russo, e una totale condanna da parte dell'ala progressista. Belinskij in particolare aveva criticato con forza il contenuto del volume attraverso la sua celebre *Lettera a Gogol'*, proibita dalla censura zarista ma diffusa clandestinamente. Tra le cause della condanna a morte di Dostoevskij dopo l'arresto per il caso Petraševskij c'era appunto l'accusa di aver diffuso la *Lettera* di Belinskij. Ma anche l'ala conservatrice, capeggiata da Faddej Venediktovič Bulgarin (1789-1859, sostenitore della politica autoritaria del governo), attaccò l'opera gogoliana.

[32] Si veda la nota 6.

[33] *N.d.A.*: L'aneddoto in questione si riferisce a una signora che affermava "di avere orrore dei pettegolezzi". Dostoevskij fa riferimento a *Otryvka* (Frammento, 1842) di Gogol', in cui si dice: "Una donna esemplare, se ne sta in casa, si occupa dell'istruzione dei figli, lei stessa studia l'inglese! Ma di quale istruzione! Ogni giorno le suona al marito con la verga, neanche fosse un gatto...".

[34] Signore in polacco.

[35] Ci si riferisce al *matinée* del 26 aprile 1847.

[36] In quel periodo Hector Berlioz (1803-1869) si trovava in Russia, e aveva assistito ad alcune rappresentazioni di *Roméo et Juliette*.

[37] Dostoevskij riporta una strofa del VII capitolo del poema di Apollon Nikolaevič Majkov (1821-1897) *Dve sud'by* (Due destini, 1845), privandola però dell'ultimo verso: "La miseria, mesti e tristi pensieri...". La soppressione del verso potrebbe essere stata motivata dal timore di un intervento della censura.

[38] Festa popolare, celebrata il settimo giovedì (o domenica) dopo la Pasqua, ovvero in occasione della Pentecoste. È una delle feste dove maggiormente si manifesta la "doppia fede" (*dvoeverie*) tipica del mondo slavo, in cui elementi delle antiche credenze pagane si intrecciano a quelli cristiani. Durante il *semik* le isbe venivano decorate con rami di betulla e le fanciulle si recavano nei boschi a decorare a loro volta delle piante. Era anche la festa delle *rusalki*, fanciulle morte suicide, per lo più annegate, per delusioni amorose: durante la Pentecoste le *rusalki* uscivano dall'acqua, e secondo alcune credenze potevano essere battezzate e trovare così la pace.

[39] Eco della celebre conclusione del racconto di Gogol' *Povest' o tom, kak possorilsja Ivan Ivanovič s Ivanom Nikiforovičem* (Storia del litigio tra I.I. e I.N., 1834), posto al termine della raccolta *Mirgorod*, in cui l'autore commenta: "Che noia a questo mondo, signori!".

[40] Nel corso del Settecento e dell'Ottocento il Carnevale di Roma era popolare in tutta Europa.

[41] Il Piccolo Ermitage, annesso al Palazzo d'Inverno, fu fatto costruire da Caterina II per ospitare la sua collezione di dipinti. Nel dicembre del 1837 fu distrutto da un incendio, ma nel giro di un anno venne ricostruito e restituito alla città. Nel 1852 divenne il primo museo pubblico russo. La prima strada ferrata russa, costruita nel 1836, collegava Pietroburgo a Pavlovsk, dove era stato costruito un padiglione chiamato Vauxhall in onore dei *Pleasure Gardens* all'inglese e alla francese (da cui la parola *vokzal*, in russo "stazione").

[42] Si parla qui del libro del marchese Astolphe de Custine (1790-1857) *La Russia nel 1839*, proibito in Russia ma ivi diffuso illegalmente a partire dal 1843. Le osservazioni di viaggio di Custine sono esposte in forma epistolare.

[43] Ironia di Dostoevskij, che accosta l'aggettivo "europeo" a una tipica misura di lunghezza russa, pari 0,71 m.

[44] Custine parlò in diverse lettere dell'architettura di Pietroburgo, in particolare nella VIII, IX, XIV e XXIV.

[45] Anche in questo punto Dostoevskij si riferisce alla lettera XXIV.

[46] Carrozzella priva di sospensioni.

[47] Questa ironica descrizione del francese verrà ripresa e ampliata con sarcasmo nei volumi *Zimnye zapiski o letnich vpečatlenijach* (Note invernali su impressioni estive, 1863) e *Igrok* (Il giocatore, 1866).

[48] Termine introdotto nell'Alto Medioevo per indicare i territori oggi occupati dall'Ucraina e dalla Russia. Vi echeggiano sentimenti patriottici.

[49] Pëtr (...-1326) fu metropolita di tutta la Rus' e sostenne il principato moscovita, trasferendo il seggio episcopale da Vladimir a Mosca; Filippo (1507-1569) si oppose alle repressioni di Ivan il Terribile e fu strangolato su suo ordine; Dmitrij Donskoj (1350-1389) fu principe di Mosca ed è considerato colui che liberò la Russia dal giogo tartaro; Ivan il Terribile è Ivan IV (1530-1584); Boris Godunov (1551-1605) divenne zar alla morte di Fëdor I, figlio di Ivan il Terribile.

[50] Si tratta del campanile di 97 m che domina gli edifici del Cremlino di Mosca.

[51] La *Granitovaja Palata* fu costruita nel 1491 nel Cremlino di Mosca.

[52] Dopo l'esperienza della prigionia e del confino, Dostoevskij muterà radicalmente il proprio punto di vista, attribuendo proprio al popolo "oscuro e ignorante" il compito di preservare i principi autentici e gli

autentici valori dell'animo russo, in contrapposizione al razionalismo dell'Occidente. Le righe che seguono rappresentano forse il momento di massimo "occidentalismo" dostoevskiano.

[53] Bartolomeo Rastrelli (1700-1771) fu un rappresentante del tardo barocco europeo e costruì, tra gli altri edifici, il Palazzo d'Inverno di San Pietroburgo e il Palazzo di Caterina a Carskoe Selo.

[54] Tra l'autunno 1846 e l'estate 1847 erano stati pubblicati: sugli "Annali patrii", *Gospodin Procharčin* (Il signor Procharčin) dello stesso Dostoevskij, *Derevnja* (Il villaggio) di Dmitrij Vasil'evič Grigorovič (1822-1900), e il già citato *Sboev* di Kudrjavcev; sul "Contemporaneo" erano invece apparsi *Kto vinovat?* (Di chi la colpa?) di Aleksandr Ivanovič Herzen (1812-1870) e *Polin'ka Saks* di Aleksandr Vasil'evič Družinin (1824-1864), oltre al già citato *Una storia comune* di Gončarov e un altro testo di Kudrjavcev, *Bez rassveta* (Senza alba).

[55] L'uso era ripubblicare in edizioni separate le opere precedentemente apparse a puntate sulle riviste. Quanto agli "articoli sorprendenti" Dostoevskij fa probabilmente riferimento allo scritto di Belinskij *Vzgljad na russkuju literaturu 1846 g.* (Uno sguardo alla letteratura russa del 1846), pubblicato sul "Contemporaneo".

[56] Aleksandr Filippovič Smirdin (1795-1857) fu un editore e libraio di Pietroburgo che si dedicò per l'appunto alla pubblicazione dei classici russi. Il suo negozio di libri sul Nevskij Prospekt divenne un punto d'incontro di scrittori e letterati. Nel 1834 fondò la rivista "Biblioteka dlja čtenija" (La biblioteca per la lettura) e nel 1837 rilevò la rivista "Syn Otečestva" (Il figlio della patria). Contribuì alla diffusione della lettura abbassando i prezzi dei libri (grazie a tirature più ampie) e annettendo al negozio una biblioteca a pagamento.

[57] Ivan Andreevič Krylov (1768-1844), scrittore e commediografo, celebre per le sue favole. Qui si fa riferimento all'*Opera completa* in 3 volumi, pubblicata nel 1847.

[58] Qui si parla della raccolta *Sto risunkov iz sočinenij N.V. Gogolja* Mertvye duši (Cento disegni dalle *Anime morte* di N.V. Gogol'), opera dell'illustratore Aleksandr Alekseevič Agin (1817-1875) e dell'incisore Evstafij Efimovič Bernardskij (1819-1889). Tra il 1846 e il 1847 furono pubblicati 72 disegni, ma il lavoro completo vide la luce solo nel 1892. Nel 1849 Bernardskij fu coinvolto nell'affare Petraševskij ma, a differenza di Dostoevskij, venne assolto.

[59] Si veda nota 14.

[60] In italiano nel testo.

[61] In *Šinel'* (La mantella, 1842, noto in Italia anche come Il cappotto).

[62] Questo episodio verrà ripreso da Dostoevskij nelle già citate *Note invernali*.

Postfazione

di Serena Prina

Dostoevskij e Pietroburgo

Ci sono autori che, nell'immaginario collettivo, si identificano con un luogo preciso, e ne divengono i mitografi: Dublino non può essere altro che la Dublino di Joyce; Kiev e Mosca appartengono di diritto a Bulgakov; Londra è a tutti gli effetti la città di Dickens. E Pietroburgo, al di là degli illustri predecessori e di chi in seguito ne scrisse, è il luogo per eccellenza di Dostoevskij. Ma se Dublino per Joyce fu, nonostante tutto, la meta di un *nostos* dove ritrovare il senso della storia, se Kiev e Mosca per Bulgakov si delinearono come i luoghi dove la storia stava spazzando via quel che di caro e prezioso veniva dal passato, e la Londra di Dickens il microcosmo dove il futuro stava affondando le sue radici, Pietroburgo per Dostoevskij fu una rivelazione, fu la percezione del proprio destino: un luogo duplice, inafferrabile, dove i confini tra il reale e il sogno si stemperavano nel chiarore ingannevole del sole di mezzanotte.

Non fu amore a prima vista. Quando, da Mosca, Dostoevskij si trasferì a Pietroburgo, era il 1837 e il futuro scrittore aveva soltanto sedici anni. L'evento che aveva preceduto e determinato il trasferimento era stata la straziante morte della madre, malata di tisi, e la necessità da parte del padre di trovare una sistemazione per i due figli maggiori. I più piccoli sarebbero stati presi in casa di parenti ricchi, i mercanti Kumaniny, ma per Fëdor e Michail si spalancarono le porte dell'Istituto di Ingegneria, dove avrebbero dovuto cercare di conquistarsi un'istruzione a spese dello stato. La scelta di Pietroburgo fu probabilmente determinata dall'ansia paterna di tenere i due giovani lontani dal "covo" di liberi pensatori che in quegli anni era rappresentato dall'Università di Mosca, e la scelta della facoltà dalle prospettive di trovare un lavoro senza particolari problemi. L'impatto con Pietroburgo fu dunque piuttosto traumatico per il giovane, e corrispose all'inizio di un periodo di duro studio di materie a lui poco consone, e alla rinuncia alle letture appassionate degli anni della prima adolescenza. Ma, una volta ottenuto il posto nell'Istituto, Dostoevskij poté tornare ai suoi grandi amori e, a partire dal 1841, ebbe inoltre la possibilità di vivere in un appartamento proprio e di frequentare l'Istituto solo per le lezioni. L'atteggiamento nei confronti della città di Pietro cominciò dunque in qualche modo a modificarsi.

Furono quelli gli anni in cui si consolidò in Dostoevskij la convinzione di dedicarsi completamente alla letteratura, e di farlo seguendo il grandioso modello di Gogol', che proprio in quel periodo stava pubblicando la prima parte delle *Anime morte* (1843). Al modello gogoliano si affiancò e subito si sovrappose quello di Schiller, dando origine a quel particolare afflato romantico che avrebbe caratterizzato la fase iniziale della sua carriera di scrittore e che sarebbe culminato nelle *Notti bianche*.

Dostoevskij con determinazione si diede alla ricerca del successo, che in effetti gli arrise con la pubblicazione di *Povera gente* (1846): il critico più importante dell'*intelligencija* radicale del tempo, Vissarion Belinskij, accolse quell'opera prima come una sorta di miracolo e vide in Dostoevskij il prosecutore e l'erede della missione iniziata da Puškin e Gogol'. Il

Nevskij Prospekt[1] e *Il cavaliere di bronzo*[2] saranno i punti di partenza letterari della sua relazione con Pietroburgo, che era però ancora considerata con sguardo sfuggente, come semplice sfondo dell'azione, senza la consapevolezza di chi sta contribuendo all'elaborazione di un mito. Mito che in effetti Pietroburgo aveva rappresentato fin dalla sua nascita, tanto a livello popolare che ideologico e letterario. Città dell'Anticristo, sorta su una palude a prezzo di indicibili sofferenze e sacrifici di vite umane; finestra sull'Europa generata dalla volontà del "costruttore taumaturgo"[3] e destinata a modificare la struttura medievale di una Russia inerte; "Palmira del Nord",[4] a sua volta destinata a stupire per la propria bellezza e unicità lo straniero e a soggiogarlo col proprio fascino ambiguo: questi alcuni degli elementi che fin dall'inizio del XVIII secolo si erano coagulati attorno a questo luogo, consolidandone progressivamente il

[1] Il racconto di Gogol' del 1834 narra di due giovani pietroburghesi vittime, anche se in forme diverse, del fascino ambiguo del Nevskij Prospekt. Il giovane artista Piskarëv insegue una deliziosa brunetta, per poi scoprire di essere stato irretito da un'astuta prostituta: la delusione porterà il sognatore al suicidio. Il tenente Pirogov, invece, insegue una bionda fanciulla, e si ritroverà malmenato da un gruppo di bottegai tedeschi dai significativi cognomi di Schiller e Hoffmann.

[2] Il poema di Puškin del 1833 narra del *činovnik* Evgenij, che perde la fidanzata a seguito dell'inondazione di Pietroburgo del 1825. Evgenij smarrisce la ragione e, passando davanti alla statua di bronzo di Pietro I, lo maledice: la statua prende vita e comincia a inseguirlo. Il suo cadavere verrà in seguito ritrovato davanti alla soglia della casa deserta della fidanzata. Nell'introduzione del poema Puškin celebra il proprio amore per Pietroburgo, ma anche la propria fede nell'incrollabilità della Russia: a ciò si contrappone il tema vero e proprio del poema, sviluppato nelle due parti successive, ovvero il piccolo uomo che tenta di opporsi a una potenza demoniaca, simbolo tra le altre cose dell'autocrazia.

[3] Tanto l'espressione "finestra sull'Europa" che la definizione "costruttore taumaturgo" sono usate da Puškin nel *Cavaliere di bronzo*, e da lì sono confluite nel mito di Pietroburgo.

[4] Questa definizione è d'origine meno certa, ma si diffuse in Russia a partire dalla seconda metà del XVIII secolo. A proposito delle origini e della storia di Pietroburgo si veda il sempre affascinante volume *Il mito di Pietroburgo* di Ettore Lo Gatto (Feltrinelli, Milano 1960).

mito presso i russi e presso i visitatori occidentali.[5] Mito fondamentalmente basato su una dicotomia più apparente che reale tra le due capitali: da un lato Mosca, baluardo delle tradizioni slave e ortodosse, e dall'altro Pietroburgo, la città del nuovo e del cambiamento. Attorno a questi due luoghi comuni si venne a formare la contrapposizione che caratterizzò il pensiero russo dell'Ottocento: slavofili (*slavjanofili*) da un lato e occidentalisti (*zapadniki*) dall'altro si contrapposero, in forme e modi differenti, nel corso di tutto il secolo a partire dagli anni quaranta, per poi sfociare i primi in un totale conservatorismo, e i secondi in due tendenze, una liberale e l'altra a sua volta divisa tra un socialismo utopistico e un materialismo alla Feuerbach. Tutta la vita intellettuale russa del XIX secolo si strutturò attorno a questa contrapposizione, tutte le riviste assunsero questa o quella posizione,[6] tutti gli intellettuali presero parte al dibattito in corso, Dostoevskij *in primis*. Partito da posizioni vagamente occidentaliste e da un socialismo alla Fourier, rilevabili principalmente nei *feuilletons* della *Cronaca di Pietroburgo* di cui parleremo in seguito, dopo la deportazione Dostoevskij approdò alla teoria della *počva*,[7] ovvero del ritorno al suolo patrio in nome di una unione tra *intelligencija* e popolo. Il gruppo dei *počvenniki* si costituì nel 1860 ed ebbe il proprio organo nella rivista "Vremja" (Il tempo) fon-

---

[5] Scrissero di Pietroburgo il già citato marchese de Custine, ma anche Xavier Marmier (1809-1892), che pubblicò le *Lettres sur la Russie, la Finlande et la Pologne* a seguito di un viaggio svolto nel 1842.

[6] "Teleskop" (Il Telescopio), "Il contemporaneo", "Russkoe slovo" (La parola russa) furono dichiaratamente filo-occidentaliste; gli "Annali patrii" manifestarono un indirizzo più moderato; mentre il "Russkij vestnik" (Il messaggero russo) diventò gradualmente sempre più reazionario.

[7] *Počva* significava appunto "suolo". Del gruppo fecero parte, oltre a Dostoevskij, Apollon Aleksandrovič Grigor'ev (1822-1864) e Nikolaj Nikolaevič Strachov (1828-1896).

data dai fratelli Dostoevskij, a partire dal 1861.[8] Soltanto nel popolo e nell'ortodossia si era secondo loro conservato l'ideale di un'autentica comunità di fratelli: quest'idea fu sviluppata da Dostoevskij nelle sue opere a partire dalle *Note invernali su impressioni estive* fino ai *Fratelli Karamazov*.

Comunque sia, tra il 1847 e il 1849 lo sguardo di Dostoevskij è tutto per Pietroburgo: che vi si aggiri alla ricerca di novità durante il giorno o vi passeggi insonne durante la notte, soprattutto se bianca, il giovane scrittore in questi due anni entra in un rapporto strettissimo con la città.

Dal feuilleton *al* roman-feuilleton

Originariamente il *feuilleton* era un testo non narrativo scritto per essere pubblicato su giornali, e la denominazione è appunto d'origine giornalistica, in quanto veniva così chiamato il taglio basso della prima pagina del quotidiano. Il *feuilleton* era destinato a trattare gli argomenti d'attualità più svariati con tono umoristico o satirico, normalmente dal punto di vista di un narratore in prima persona che aveva le caratteristiche del cosiddetto *flâneur*. Suo compito era informare i lettori delle ultime novità della città, e di solito si concludeva con una recensione teatrale, il tutto accompagnato da riflessioni di carattere ironico sulla vita sociale del paese. Il *feuilleton* era inteso come testo destinato a un pubblico ampio, e quindi vi si può individuare una delle origini del genere della letteratura di massa, o di consumo, che vedrà la sua effettiva esplosione appunto con il *roman-feuilleton* della seconda metà

---

[8] Si veda il testo *W kręgu konserwatywnej utopii* (Un'utopia conservatrice) di Andrzej Walicki (tr. it. Einaudi, Torino 1973), in particolare il capitolo 14, *Il ritorno al "suolo"*, pp. 524-551.

degli anni trenta-quaranta dell'Ottocento. In Russia il *feuilleton* si presentò spesso anche come "bozzetto fisiologico", secondo i criteri della cosiddetta "scuola naturale" in voga in quel periodo, tesa ad analizzare gli aspetti socialmente negativi, a "studiare" gli umiliati, gli offesi, i piccoli funzionari, gli emarginati in genere. Nel 1845 Nekrasov e Belinskij pubblicarono insieme l'almanacco in due volumi *Fiziologija Peterburga* (La fisiologia di Pietroburgo), che della scuola naturale è considerato una sorta di manifesto. Compito dell'almanacco, scriveva Nekrasov nell'articolo introduttivo, era "rivelare tutti i segreti della nostra vita sociale, tutti gli stimoli gioiosi e mesti della nostra quotidianità domestica". *Povera gente*, la prima opera di Dostoevskij, rispondeva in tutto ai criteri della scuola naturale e vide la luce proprio nel *Peterburgskij sbornik* (Miscellanea pietroburghese) edito dallo stesso Nekrasov, nel 1846.

Ma all'inizio del 1847 Dostoevskij si trovava ad attraversare uno dei tanti momenti di crisi della sua esistenza: dopo il successo di *Povera gente*, il racconto pubblicato successivamente era andato incontro ai pesanti attacchi della critica che aveva invece sostenuto l'esordio dello scrittore.[9] Belinskij in particolare non approvava il tono "fantastico" che la scrittura dostoevskiana andava assumendo, allontanandosi secondo il critico progressista da quello stretto legame con la realtà che costituiva la colonna portante della scuola naturale. Una volta perso l'appoggio di Belinskij, Dostoevskij si ritrovò solo, per di più assillato, come suo solito, dai debiti, così quando, all'inizio di aprile, gli venne offerta la possibilità di partecipare come autore di *feuilletons* al giornale "Sankt-Peterburgskie Vedomosti" (Gli annali di San Pietroburgo), il giovane accettò.

---

[9] Si tratta di *Dvojnik* (Il sosia), pubblicato sugli "Annali patrii".

L'occasione era stata determinata da un evento improvviso: la morte repentina di Eduard Ivanovič Guber, che nella sezione dei *feuilletons* si occupava della "Cronaca teatrale" e della "Cronaca di Pietroburgo". Il suo ultimo articolo, firmato con la sigla K.D.S. che era solito usare, era apparso il 6 aprile: la "Cronaca" successiva, datata 13 aprile, apparve invece con la sigla N.N., accompagnata da una nota di redazione in cui si annunciava con rammarico la scomparsa improvvisa di Guber e si comunicava che la redazione si era dovuta rivolgere "a uno dei nostri giovani letterati", il cui nome non veniva rivelato. La "Cronaca" successiva, però, datata 27 aprile, portava la sigla F.D. Inizialmente si ritenne di attribuire la stesura della "Cronaca" del 13 aprile alla redazione del giornale, ma negli anni si è sempre più andata consolidando la convinzione, basata su ragioni stilistiche e tematiche, che anche la paternità di questa "Cronaca" sia da attribuirsi a Dostoevskij stesso. Nel complesso, quindi, Dostoevskij produsse i 5 *feuilletons* che vanno a costituire la *Cronaca di Pietroburgo* pubblicata in questa nostra edizione, grazie ai quali poté pagare i propri debiti e mandare dei soldi al fratello Michail: ma la funzione di questi articoli non fu soltanto "strumentale", e attraverso una loro analisi cercheremo di dimostrarne l'importanza per la formazione *tout court* della scrittura dostoevskiana, e il loro stretto legame con l'universo più propriamente creativo dello scrittore. In questi *feuilletons* si manifestano infatti le riflessioni che Fëdor Michajlovič andava elaborando sulla relazione tra un "io" narrante e la realtà da esso narrata: stava prendendo corpo la presenza "mitica" della città di Pietroburgo e la sua fondamentale funzione narrativa, e quel legame tra pubblicistica e letteratura che avrebbe in seguito accompagnato Dostoevskij negli anni della maturità, trovando infine piena espressione nel *Diario di uno scrittore*,[10] vero e proprio laboratorio artistico per il periodo dei grandi romanzi. E il rapporto pubblicistica/letteratura avrebbe determinato anche le trame dei romanzi stessi, tutti basati su di un evento che, se non direttamente tratto dalla cronaca, con la cronaca aveva comunque uno strettissimo legame di parentela. Di fatto, comunque, dopo questi 5 *feuilletons* Dostoevskij si allontanò dalla scrittura "giornalistica" per rivolgersi a quella puramente narrativa. Fu soltanto nel 1861, dopo il ritorno dalla prigionia e dal confino, che lo scrittore si accostò un'ultima volta al genere del *feuilleton*. Con il fratello Michail diede infatti vita alla già citata rivista "Il tempo", il cui *feuilleton* iniziale era stato in un primo momento affidato a Dmitrij Dmitrievič Minaev,[11] poeta satirico e giornalista molto attivo nella vita culturale russa di quegli anni. Ma Dostoevskij non fu soddisfatto del testo, e lo sostituì con uno scritto da lui stesso, intitolato *Visioni pietroburghesi in versi e in prosa*. Il termine utilizzato nel titolo, *snovidenija*, e che è stato qui reso con "visioni", contiene in sé anche l'accezione di "sogni", stabilendo un immediato contatto con i *feuilletons* del primo periodo e con la fase romantica della produzione dostoevskiana. Questo legame è sottolineato da Dostoevskij stesso, che all'inizio delle sue *Visioni pietroburghesi* riporta, con minime variazioni, un frammento tratto dal racconto *Un cuore debole*, del 1848, fondamentale per la comprensione della complessa relazione tra Dostoevskij e la città di Pietroburgo. In *Un cuore debole* si narra

---

[10] Rivista mensile con un unico redattore, il "Diario di uno scrittore" raccoglieva le riflessioni e le opinioni di Dostoevskij sui fatti del giorno, risposte ai lettori e considerazioni di vario genere, inframmezzate da brevi opere di carattere puramente letterario. Dostoevskij se ne occupò nel periodo di tempo che va dal 1873 al 1881, pur con delle interruzioni. Prima della morte aveva progettato di riprenderne la pubblicazione.

[11] Dmitrij Dmitrievič Minaev (1835-1889).

della follia del povero Vasja, un mite *činovnik* sul punto di coronare il proprio sogno d'amore. Proprio l'innamoramento gli impedisce di rispettare i tempi del lavoro aggiuntivo che un superiore gli aveva affidato, e che sarebbe dovuto diventare un mezzo di sostentamento fondamentale per la futura famiglia. Di fronte all'impossibilità di rispettare le regole di una società classista e spietata, Vasja si convince di dover essere punito e mandato a fare il soldato,[12] e perde la ragione. Rispetto alla versione del frammento tratto dal racconto e introdotta nel *feuilleton* a partire dal paragrafo che comincia con "Ricordo...", Dostoevskij operò dei minimi cambiamenti, quali il passaggio dalla terza persona del racconto alla prima del *feuilleton*; l'eliminazione di aggettivi e immagini connotate da un'eccessiva brutalità, come "crepuscolo insanguinato" e "cavalli ridotti in punto di morte dalla fatica", che divennero invece la "porpora del crepuscolo" e dei "cavalli stremati", e di minime sezioni strettamente collegate al racconto in cui il brano era originariamente inserito. Ovviamente differente è la conclusione, a partire da "Fu come se in quell'attimo...", che nel racconto si presentava in questa forma: "Fu come se solo in quel momento avesse compreso tutta quell'ansia e avesse capito perché fosse impazzito il povero Vasja, incapace di sopportare la propria felicità. Le sue labbra presero a tremare, gli occhi gli si accesero, egli impallidì e fu come se in quell'istante avesse cominciato a vedere qualcosa di nuovo...". Ma il nucleo centrale del frammento rimase lo stesso, e lo riportiamo qui di seguito nella versione delle *Visioni pietroburghesi*:

"...Io la penso così: se non scrivessi *feuilletons* oc-

---

[12] La coscrizione obbligatoria, introdotta in Russia da Pietro I, prevedeva un servizio militare a vita, che nel 1793 venne ridotto a 25 anni e, successivamente, a 12 anni più 3 anni di riserva.

casionalmente, ma lo facessi in modo assiduo e regolare, ho l'impressione che mi dovrei rivolgere ad Eugène Sue per descrivere i misteri di Pietroburgo. I misteri mi piacciono terribilmente. Sono uno che fantastica, sono un mistico e, ve lo confesso, Pietroburgo, non so perché, mi si è sempre presentata come una sorta di mistero. Fin dall'infanzia, quasi smarrito, abbandonato a Pietroburgo, in qualche modo ne avevo paura. Ricordo un avvenimento nel quale quasi non vi fu nulla di particolare, ma che mi colpì moltissimo. Ve lo racconterò in ogni dettaglio, anche se al tempo stesso non si trattò nemmeno di un avvenimento, ma di una semplice impressione: e d'altra parte sono uno che fantastica, e un mistico!

"Ricordo che una volta, in una sera invernale di gennaio, mi stavo affrettando verso casa lungo la Vyborgskaja *storona*.[13] Allora ero ancora molto giovane. Una volta raggiunta la Neva, mi fermai un istante e gettai uno sguardo penetrante lungo il fiume verso la lontananza fumosa, resa confusa dal gelo, che all'improvviso s'era infiammata dell'ultima porpora del crepuscolo che s'andava spegnendo nel cielo caliginoso. La notte si stava stendendo sulla città, e tutta l'immensa pianura della Neva, rigonfia di neve gelata, con l'ultimo riflesso del sole si colmava delle infinite miriadi di scintille degli aghi di brina. Il gelo scese a venti gradi... Un vapore ghiacciato emanava dai cavalli stremati, dalle persone che correvano. L'aria compressa fremeva al minimo suono e, come giganti, da tutti i tetti di entrambi i lungofiume si sollevavano e si diffondevano nel cielo freddo colonne di fumo che, salendo verso l'alto, s'intrecciavano e si staccavano l'una dall'altra, di modo che sembrava che nuovi edifici si erigessero sui vecchi, che una nuova città s'andasse formando nell'aria... Sembrava, infine, che tutto questo mondo, con tutti i suoi abitanti, i forti e

---

[13] Ovvero la "parte" Vyborgskaja, situata sulla riva destra della Neva.

i deboli, con tutte le loro dimore, i rifugi dei miseri e i palazzi dorati, in quest'ora crepuscolare assomigliasse a una specie di fantasia fantastica, incantata, a un sogno vero e proprio, che a sua volta sarebbe subito scomparso e sarebbe andato in fumo come il vapore nel cielo di un blu profondo. Una sorta di strano pensiero d'un tratto si risvegliò in me. Trasalii, e fu come se il mio cuore fosse stato inondato in quell'istante da una fonte ardente di sangue sgorgata all'improvviso dall'afflusso di una sensazione possente ma fino a quel momento a me ignota. Fu come se in quell'attimo avessi compreso qualcosa che fino ad allora s'era solo agitata in me, ma che ancora non era stata compresa, come se avessi visto qualcosa di nuovo, un mondo davvero nuovo, a me ignoto e conosciuto solo sulla base di certe dicerie oscure, certi segni misteriosi. Io suppongo che proprio da quell'istante abbia avuto inizio la mia esistenza...".

Il riferimento iniziale a Sue è tutt'altro che casuale, e ci permette di dire qualcosa a proposito della nascita e della diffusione del *roman-feuilleton*, che si sviluppò in Francia negli anni quaranta dell'Ottocento e derivò anch'esso il nome dalla posizione che si trovò a occupare nel giornale dove, a puntate, veniva pubblicato. Noto anche come romanzo d'appendice, godette di enorme popolarità e tra i suoi autori vi furono nomi come Balzac, Soulié, Dumas, anche se colui che portò al culmine la stagione del *roman-feuilleton* fu appunto Eugène Sue con i suoi *Les Mystères de Paris*. La pubblicazione de *Les Mystères* ebbe inizio il 19 giugno 1842, e le traduzioni in varie lingue seguirono nell'arco di pochissimo tempo. Quella russa cominciò a uscire su rivista nel 1843, e l'anno successivo apparve in volume singolo, a opera del traduttore Vladimir Michajlovič Stroev.[14] Attorno a *Les Mystères*

[14] Vladimir Michajlovič Stroev (1812-1862).

si sviluppò subito un dibattito internazionale, caratterizzato per lo più da una critica violenta: Edgar Allan Poe, per esempio, accusò Sue di voler unicamente realizzare un'opera vendibile, mentre in ambito russo Belinskij gli rinfacciò un riformismo edulcorato, utilizzato al solo scopo di speculare sulle miserie umane. Dostoevskij si era imbattuto nelle opere di Sue quando ancora frequentava l'Istituto di Ingegneria, e ne era rimasto profondamente colpito, al punto di decidere di tradurre in russo il romanzo *Mathilde*, del 1841. L'impresa non fu poi realizzata, ma l'attenzione per Sue rimase forte nel giovane scrittore. Ci segnala Vera Nečaeva nel suo libro fondamentale sul primo Dostoevskij[15] che, nella sua traduzione di *Les Mystères*, lo Stroev decise di rendere il soprannome del personaggio negativo, il bieco *"Maître d'école"*, con il termine vagamente gergale di *Mastak*, che in russo significa "asso", "cannone". Dostoevskij se ne ricordò, e chiamò il personaggio infimo descritto nel *feuilleton* del 27 aprile della *Cronaca* Julian Mastakovič, ovvero "figlio di Mastak", facendo confluire nella sua figura il malvagio *Maître* e l'altro "cattivo" di *Les Mystères*, il notaio Jacques Ferrand, lussurioso e perverso come Julian Mastakovič, e come Julian Mastakovič rappresentante di una classe borghese capace solo di approfittare bassamente del bisogno dei più deboli. Non a caso Julian Mastakovič può essere considerato il capostipite di tutta una serie di esseri meschini e sensuali, dal principe Valkovskij di *Umiliati e offesi* allo Svidrigajlov di *Delitto e castigo*, per finire col Fëdor Pavlovič dei *Fratelli Karamazov*. Ma è in due opere assai prossime alla stesura della *Cronaca di Pietroburgo* che Julian Mastakovič si presenta per la prima volta senza "maschere", indossando il proprio nome e ponendosi quindi come prototipo nel pieno senso

---

[15] *Rannij Dostoevskij*, 1821-1849 (Il primo Dostoevskij, 1821-1849) di Vera Stepanovna Nečaeva, Nauka, Moskva 1979.

della parola: si tratta del già ricordato *Un cuore debole* e del terribile *L'albero di Natale e un matrimonio*. Nel primo racconto il superiore del protagonista Vasja si chiama appunto Julian Mastakovič e, pur rimanendo sullo sfondo del dramma forse anche a causa della censura sempre in agguato, lascia tuttavia intravedere un mondo rigido e opprimente, in cui il figlio del Mastak di *Les Mystères* ha indossato la divisa della classe dirigente del regime zarista e ha assunto l'aspetto del benpensante del tempo. Ma è in *L'albero di Natale* che il volto perverso e mostruoso di questo nuovo borghese si rivela in tutta la sua completezza: il narratore del breve racconto è testimone di due diversi episodi, il primo legato appunto alle feste natalizie e all'incontro di Julian Mastakovič, calcolatore e lascivo, con una fanciullina di meno di dieci anni, in possesso di una dote cospicua e quindi appetibile oggetto del desiderio morboso di un uomo di mezza età privo di scrupoli. Il secondo episodio coincide invece con le loro nozze, avvenute al compimento dei sedici anni da parte della ragazzina. Il vero malvagio non s'aggira più nei bassifondi parigini, ma impettito e profumato la fa da padrone nei salotti della Russia-bene: il Čičikov gogoliano, con la sua melliflua mediocrità, in Dostoevskij si è arricchito di una componente sensuale, lussuriosa, che diventerà un tema centrale in un autore che ben conosceva le tentazioni della carne e le bassezze a cui potevano condurre. Ma anche l'archetipo della "fanciulla violata", legato alla letteratura erotica che, precedendo il romanzo d'appendice, s'era andato affermando a partire dalla *Clarissa* di Richardson, attraverso *Les liaisons dangereuses* di Choderlos de Laclos e l'opera del marchese De Sade, e destinato a diventare un topos fondamentale del romanzo dostoevskiano della maturità, affonda le sue radici nei *feuilletons* di cui stiamo parlando. Innocente e pura, uscita da poche settimane dal collegio e del tutto ignara della malvagità del mondo, tanto la Glafira Petrovna del *feuilleton* del 27 aprile che la fanciullina di *L'albero di Natale* divengono a loro volta i prototipi di una schiera di umiliate e offese, su cui lo scrittore avrebbe cominciato a meditare seriamente nel romanzo incompiuto *Netočka Nezvanova*.[16]

È però soprattutto l'ultimo dei 5 *feuilletons*, quello del 15 giugno, ad avere i legami più profondi con la scrittura creativa di Fëdor Michajlovič. Il testo si allontana quasi completamente dai canoni del *feuilleton*, non presenta alcuna informazione di carattere letterario o teatrale, ma si trasforma in una sorta di riflessione su quanto troverà poco dopo espressione nelle *Notti bianche*. La stagione è ormai decisamente quella dell'inizio dell'estate, che da questo momento in poi caratterizzerà il "tempo" di Pietroburgo nelle opere di Dostoevskij, fino a ora dominato dall'inverno: il luglio "straordinariamente caldo" nel quale si muove l'allucinato Raskol'nikov di *Delitto e castigo* sarà il risvolto inquietante di questo fenomeno atmosferico in cui il confine tra la notte e il giorno si fa labile e i sensi rischiano di smarrirsi, come sospesi. La descrizione d'apertura del *feuilleton* è dedicata alla "fanciulla tisica e acciaccata" che conosce un attimo di sfolgorante bellezza per poi ripiombare nella sua mesta mediocrità: tale è il destino della natura a Pietroburgo, che a questo punto si è davvero tramutata in personaggio di carne e sangue col quale confrontarsi. In questa città vista con occhi nuovi si muove uno "strano essere di genere neutro": il *mečtatel'* ("sognatore"), sulla cui descrizione Dostoevskij a lungo si sofferma, in pagine che ritroveremo quasi identiche nelle *Notti bianche*.

Il sognatore dostoevskiano nasce sotto il forte influsso della poetica schilleriana. Già nel 1840 Dostoevskij scriveva al fratello: "Mi hai scritto, fratello, che

---

[16] La questione riguarda non tanto la protagonista del romanzo incompiuto, offesa in altro modo dalla vita e dal destino, quanto piuttosto il personaggio di Aleksandra Michajlovna, la donna presso la quale l'orfana Netočka si troverà a vivere gli anni della tarda adolescenza.

io non ho letto Schiller. Ti sbagli, fratello! Ho imparato Schiller a memoria, con la sua voce ho parlato, con lui ho delirato; e ritengo che nella mia vita il destino non abbia fatto cosa migliore che farmi conoscere il grande poeta in un simile momento della mia esistenza; non avrei mai potuto conoscerlo così bene come allora...".[17]

A dieci anni Dostoevskij aveva assistito a una rappresentazione, a Mosca, di *I masnadieri*, e ne era rimasto folgorato: in seguito, nei primi anni quaranta, aveva lavorato a un'opera teatrale intitolata *Maria Stuarda*, andata perduta, e aveva progettato di tradurre "tutto Schiller" assieme al fratello Michail.[18] L'idea romantica del regno dell'ideale inconciliabile con lo squallore della realtà era stata la dimensione in cui i primi protagonisti dostoevskiani si erano mossi, e l'"anima bella" (*die schöne Seele*) di Schiller aveva dunque costituito il punto di partenza del sognatore dostoevskiano, un *raznočinec*[19] posto di fronte a una realtà brutale e costretto a rifugiarsi in una dimensione onirica della quale Dostoevskij a poco a poco avrebbe percepito l'elemento deleterio. Il che naturalmente non avrebbe significato un ripudio della passione per Schiller, che accompagnò Dostoevskij fino alla fine della sua vita,[20] ma un modo differente di porsi di fronte alla realtà, contraddistinto da una nuova dignità e sofferenza. Definito "l'incubo di Pietroburgo",[21] in questa fase il sognatore è l'autentico *alter ego* dell'autore, come l'autore contempla le

[17] Lettera del 1° gennaio 1840 al fratello Michail.

[18] Il progetto non venne portato a termine, ma anni dopo Michail Dostoevskij partecipò effettivamente alla traduzione delle *Opere* di Schiller, pubblicate in 9 volumi tra il 1857 e il 1863 dal poeta ed editore Nikolaj Vasil'evič Gerbel' (1827-1883). Le traduzioni vennero eseguite, tra gli altri, da grandi poeti quali Vasilij Andreevič Žukovskij (1783-1852), Michail Jur'evič Lermontov (1814-1841), Afanasij Afanas'evič Fet (1820-1892).

[19] Erano così chiamati nell'Ottocento gli intellettuali non appartenenti al ceto della nobiltà.

[20] Si pensi alla massiccia presenza di riferimenti all'opera di Schiller nei *Fratelli Karamazov*, dai *Masnadieri* al *Don Carlos*, alle grandi odi.

[21] *Feuilleton* del 15 giugno.

proprie fantasie e si lascia sfuggire dalle mani la vita vera. Dal sognatore romantico e sentimentale di questo primo periodo si passerà al sognatore "utopista", determinato da complessi risvolti filosofici e psicologici, che troverà espressione nei grandi romanzi, da *Delitto e castigo* (1866) a *I fratelli Karamazov* (1880), passando per il progetto mai realizzato di un romanzo intitolato appunto *Il sognatore* (1876).

Resta tuttavia una domanda senza risposta: perché Dostoevskij interruppe la sua collaborazione con "Gli annali" dopo soli 5 *feuilletons*? Una supposizione plausibile è che, risolte le necessità pratiche più impellenti, Dostoevskij avesse deciso di concentrarsi sui due progetti *in progress* in quel periodo, ovvero la novella *La padrona* e il romanzo *Netočka Nezvanova*. Ma è anche possibile che la redazione stessa del giornale possa essersi sentita a disagio di fronte ai *feuilletons* aggressivi e incisivi di Dostoevskij, preferendo testi di carattere più lieve e impersonale: se si considera in particolare la parte conclusiva del quinto *feuilleton*, Dostoevskij effettivamente "prende il volo", allontanandosi dal modello rassicurante che il lettore medio cercava negli articoli di quel tipo. La mutazione del genere non poteva essere tollerata da un pubblico borghese, *comme il faut*, che cercava rassicurazione e quieta banalità.

Le notti bianche

E si giunge così al regno per eccellenza del sognatore romantico. *Le notti bianche* vennero pubblicate sul numero 12 degli "Annali patrii", nel 1848, con una dedica all'amico poeta Pleščeev,[22] che fu soppressa

---

[22] Aleksej Nikolaevič Pleščeev (1825-1893), poeta amico di Dostoevskij, coinvolto nell'affare Petraševskij. Fu lui a inviare a Dostoevskij una copia della lettera a Gogol' di Belinskij: a seguito di questo fatto vennero entrambi condannati a morte e, successivamente, graziati e condannati alla deportazione.

quando, nel 1860, Dostoevskij riprese in mano la novella e la sottopose a una revisione stilistica per inserirla nelle sue *Opere*, pubblicate l'anno successivo. In quell'occasione l'unico altro cambiamento di rilievo fu l'inserimento, nel monologo del narratore, del seguente brano:

"Vi chiedete forse che cosa stia sognando? A che serve chiederlo? Egli sogna di tutto... sogna del ruolo del poeta, in un primo momento non riconosciuto, in seguito incoronato dal successo; di un'amicizia con Hoffmann; della notte di San Bartolomeo, di Diana Vernon, del ruolo eroico di Ivan Vasil'evič durante la presa di Kazan', di Clara Mowbray, Effie Deans, del concilio dei prelati con Hus dinnanzi a loro, della rivolta dei morti nel *Robert* (ricordate la musica? Ha odore di cimitero!), di Minna e Brenda, la battaglia della Berezina, la lettura di un poema alla contessa V.D., di Danton, Cleopatra *e i suoi amanti*, la casetta presso Kolomna, il proprio cantuccio, e lì accanto una dolce creatura, che vi ascolta nelle sere d'inverno, schiudendo la boccuccia e gli occhietti, così come voi adesso mi state ascoltando, mio piccolo angioletto...".[23]

Abbiamo riportato il brano per intero perché risulti evidente come la maggior parte dei riferimenti a personaggi di Walter Scott presenti nella novella siano stati introdotti a posteriori, mentre la dimensione originaria delle *Notti bianche* è, come abbiamo già detto, fondamentalmente schilleriana: mai opera di Dostoevskij fu più lirica, e nella presente traduzione si è preferito eliminare tutte le note, per lasciar fluire il testo secondo il suo ritmo poetico, rimandando a questa *Postfazione* e alle sue annotazioni per le neces-

---

[23] Diana Vernon è protagonista del romanzo *Rob Roy* (1817) di Walter Scott (1771-1832); Clara Mowbray è protagonista di *Saint Ronan's Well* (Il pozzo di Saint Ronan, 1824), sempre di Scott, come pure *The Heart of Midlothian* (Il cuore di Midlothian, 1818), di cui è protagonista Effie Deans.

sarie chiarificazioni. Innanzitutto vediamo di determinare il luogo dove si svolgono gli incontri tra il protagonista e la piccola Nasten'ka: è probabile che Dostoevskij abbia scelto quella zona di Pietroburgo che ben conosceva, prossima al canale Ekaterininskij, successivamente rinominato Griboedov, un canale stretto e tortuoso, il risultato della fusione di due piccoli fiumi, il Krivuška e il Gluchoj Potok, di cui Dostoevskij prediligeva la parte prossima alla piazza Sennaja e al tratto più periferico. L'Ekaterininskij venne costruito parallelo alla Neva e racchiuso tra i canali della Fontanka e della Mojka, e rappresenta una sorta di "cuore" nascosto di Pietroburgo, lontano dalla zona elegante del Nevskij Prospekt, ovvero posto in una parte, come dice il protagonista delle *Notti bianche*, "davvero remota della città", e al tempo stesso suo centro perfetto. Centro e periferia coesistono da un lato, e dall'altro nella notte bianca coesistono la notte e il giorno: spazio e tempo nella novella assumono dunque caratteristiche insolite, quasi magiche, al di fuori delle coordinate della quotidianità, come così spesso accadrà al tempo e allo spazio del Dostoevskij maturo. È in questo luogo di confine tra la realtà e il sogno che l'incontro fatale tra un protagonista ventiseienne (la stessa età del suo autore al momento della stesura della novella) e una strana fanciulla che vaga di notte sul lungofiume avrà luogo. C'è qualcosa di inquietante nella piccola Nasten'ka, mandata a caccia di inquilini da una nonna cieca ma arguta, che conosce bene il mondo e la vita, e che se la tiene cucita alla veste durante il giorno per lasciarla poi girovagare brada durante la notte: è un qualcosa che la apparenta alla brunetta (non a caso) del *Nevskij Prospekt* gogoliano, anche se l'ambiguità in queste pagine poetiche è latente, tutta soffusa di lirismo romantico, di seducente tentazione in cui l'elemento estetico è fondamentale. Attraverso il suo protagonista sognatore Dostoevskij esprime il proprio disagio nei confronti dell'idealismo romantico che lo aveva esaltato fino a quel momento: alienato dalla vita, il sognatore cerca rifugio nei sogni, ma al tempo stesso ne riconosce la fragilità. Suddivisa non in capitoli, ma in "notti", la novella si conclude con un *Mattino* che brutalmente riporta in primo piano la realtà, lo scorrere del tempo, la vita spesa in vane fantasticherie.

Nelle *Notti bianche* si ripropone il triangolo amoroso che aveva timidamente caratterizzato *Povera gente*, ma che sarà destinato a diventare una delle modalità fondamentali delle opere successive: già in *Umiliati e offesi* il narratore Ivan Petrovič sarà il "terzo escluso" della coppia Nataša/Alëša, il testimone indifeso di un rapporto amoroso morboso,[24] e ritroveremo questa prassi in tutte le opere successive, per culminare nel triangolo a suo modo incestuoso dei *Karamazov* Dmitrij/Grušenka/Fëdor Pavlovič (ma anche Dmitrij/Katerina Ivanovna/Ivan). La relazione amorosa necessita di un elemento esterno che la attivi, ed è interessante che il sognatore venga descritto, come abbiamo già detto, come "uno strano essere di genere neutro". È evidente che in questa fase il Dostoevskij romantico sta delicatamente cominciando a indagare l'area della sessualità, della quale saprà in seguito conoscere ogni angolo oscuro, ogni piega riposta. Per ora ci si muove ancora in superficie, ma già in *Umiliati e offesi* si comincerà a entrare nel profondo.[25] La sessualità nelle sue forme più estreme sarà uno di quei grimaldelli utilizzati da Dostoevskij per scardinare la superficie razionale dell'esistenza e rivelare l'area oscura, pulsante e tormentata, che vi si

---

[24] L'amore tra i due è basato sul bisogno di sofferenza e al tempo stesso di sopraffazione che domina la donna, fuggita dalla famiglia e unitasi al giovane Alëša al di fuori del vincolo del matrimonio.

[25] Si pensi alla dettagliata descrizione dell'episodio di un esibizionista che si diverte a turbare donne e bambini, narrato dal principe Valkovskij, o al racconto della relazione dello stesso principe con una gran dama dalle tendenze chiaramente sadiche.

sottende: trovare "l'uomo nell'uomo", questo era il "realismo" al quale lo scrittore aspirava. E poco oltre, tra i suoi appunti, troviamo questa frase emblematica: "Mi chiamano psicologo: non è vero, io sono soltanto realista nel senso più alto, cioè raffiguro tutte le profondità dell'anima umana".[26]

Gli altri due grimaldelli dostoevskiani per eccellenza saranno la violenza e la malattia, esperienze per il momento ancora estranee al giovane sognatore schilleriano, ma destinate a manifestarsi tragicamente nella sua esistenza, di lì a poco. L'educazione sentimentale del sognatore si conclude con un bacio appassionato e un brusco ritorno alla realtà: l'educazione alla scrittura di Dostoevskij necessita ancora di quelle due grandi esperienze, e della sintesi finale trovata nella religione. La violenza comincerà a trovar posto sulle sue pagine in *Netočka*, in forma di uxoricidio, e si consoliderà dopo gli anni del carcere e della deportazione: malattia ed esperienza religiosa dovranno invece attendere *Delitto e castigo*. Ma il gesto appassionato di una fanciulla che si volta e, in silenzio, bacia un attonito interlocutore non può non farci tornare alla mente il silenzioso bacio del Cristo al suo Grande Inquisitore[27]: proprio nell'enorme distanza che separa questi due baci sta la grandezza dell'impresa intellettuale e artistica che Dostoevskij, dopo *Le notti bianche*, ha saputo compiere.

---

[26] In *Polnoe sobranie sočinenij v tridcatych tomach* (Raccolta delle opere complete in 30 voll.), Nauka, Leningrad 1972-1990, vol. XXVII, pag. 65.
[27] La *Leggenda del Grande Inquisitore* è contenuta in *I Fratelli Karamazov*.

Cenni biografici

1821-1830

Fëdor Michajlovič Dostoevskij nasce a Mosca il 30 ottobre.[1] Il padre, Michail Andreevič, era medico militare, mentre la madre, Marija Fëdorovna Nečaeva, apparteneva al ceto dei mercanti. L'anno prima la coppia aveva avuto un altro figlio, Michail Michajlovič: seguiranno altri sei figli. La famiglia abita nell'Ospedale Mariinskaja, l'ospedale dei poveri, dove il padre presta servizio. I Dostoevskij avevano origini nobili lituane, e vennero privati del titolo nel XVIII secolo, quando rifiutarono la conversione al cattolicesimo imposta dagli invasori polacchi. Tra le figure di rilievo nell'infanzia del futuro scrittore va ricordata la balia Alëna Frolovna, che lo inizia alla conoscenza della poesia orale russa. Nel 1823 la famiglia si trasferisce in un'altra ala dell'ospedale, dove i due fratelli trascorreranno l'infanzia. Tra le prime letture del giovane Dostoevskij si annoverano una raccolta di *Storie dell'Antico e del Nuovo Testamento* (viene colpito in particolare dal *Libro di Giobbe*) e i romanzi gotici di Ann Radcliffe, che venivano letti ad alta voce dalla madre, la sera. Poi, nel sonno, il piccolo Dostoevskij delirava, come per la febbre.

Nel 1827 Michail Andreevič riceve il grado di assessore di collegio, con diritto alla nobiltà ereditaria, e l'anno successivo la famiglia viene iscritta nel Registro della nobiltà del governatorato di Mosca.

1831-1839

A teatro Dostoevskij assiste al dramma di Schiller *I Masnadieri*, e ne è profondamente colpito. Il padre acquista il borgo di Darovoe, nel governatorato di Tul', e l'anno dopo il vicino villaggio di Čermašnja, per un totale di poco meno di cinquecento ettari e un

---

[1] Le note riportate nei *Cenni biografici* seguono il calendario giuliano in vigore in Russia fino alla Rivoluzione d'ottobre. Nell'Ottocento il divario rispetto al calendario gregoriano era di dodici giorni.

centinaio di servi della gleba. L'anno successivo la proprietà, già piuttosto misera, viene devastata da un incendio: si salva solo la modesta casa padronale in terra battuta. Nel villaggio devastato viveva una donna semifolle, di nome Agrafena, che vagava per i campi invocando il nome del figlio nato a seguito di una violenza, e morto nell'incendio. Tanto questa donna che la proprietà paterna verranno prese a modello per *I Fratelli Karamazov*.

Fino al 1833 i due figli maggiori ricevono un'educazione casalinga, per poi entrare nel pensionato del francese Souchard. Nel 1834 vengono trasferiti nel pensionato di Leontij Čermak, dove insegnavano famosi pedagoghi moscoviti. Dostoevskij legge Karamzin, Puškin, Žukovskij e Walter Scott.

Nel 1835, dopo la nascita dell'ottavo figlio (una figlia, Ljubov', era morta pochi giorni dopo la nascita, nel 1829), le condizioni di salute della madre Marija Fëdorovna peggiorano rapidamente. Tormentata dalla gelosia ossessiva del consorte, muore di tisi nel 1837. I due fratelli maggiori partono per Pietroburgo, per essere ammessi all'Istituto d'Ingegneria, nonostante entrambi manifestino inclinazioni artistiche. Fëdor supera l'ammissione, mentre Michail viene inviato a Revel', a una scuola di formazione del Genio. Il padre si ritira nella proprietà, in campagna, dove si abbandona all'alcolismo. Il suo carattere autoritario degenera, e nel corso di una lite con i servi viene ucciso, nel giugno del 1839. Tra le cause del delitto, oltre alla brutalità del padrone, forse anche la relazione con una giovanissima contadina, intrecciata dopo la morte della moglie. Le autorità archiviano il caso, attribuendo la morte a un colpo apoplettico. I cinque figli piccoli vengono affidati a parenti aristocratici, i Kumaniny, zii per parte di madre. Dostoevskij legge, tra gli altri, Gogol', Balzac, Goethe.

1840-1843

Sono anni di intense letture per Dostoevskij (Hoffmann, Racine, Shakespeare) e dei primi tentativi letterari, due drammi storici andati perduti (*Maria Stuarda* e *Boris Godunov*). Nel 1841 diventa uditore all'Istituto d'Ingegneria, e può quindi abitare in un appartamento privato; intanto il fratello Michail si sposa con una tedesca, dalla quale nel giro di pochi anni avrà due figli.

Nell'agosto del 1843 Dostoevskij porta a termine gli studi e riceve un incarico in un reparto di ingegneri cartografi. Lo stipendio e la rendita sull'eredità paterna gli permetterebbero un'esistenza dignitosa, ma Dostoevskij conduce una vita dispendiosa e deve spesso pagare gravosi debiti di gioco (carte e biliardo).

1844

In Dostoevskij si rafforza la convinzione che il suo destino sarà nella scrittura: traduce *Eugénie Grandet*, nell'ottobre del 1844 si congeda su sua richiesta dal servizio e in novembre è escluso dalla lista del dipartimento di Ingegneria di Pietroburgo. Durante l'estate aveva cominciato a lavorare al suo primo romanzo.

1845

In primavera Dostoevskij porta a termine *Povera gente*, romanzo epistolare i cui protagonisti, Makar Devuškin e Varen'ka Dobroselova, rappresentano il mondo degli esclusi, degli offesi, di coloro che il duro mondo della ricca Pietroburgo calpesta e distrugge. L'amico Grigorovič porta il manoscritto al poeta ed editore Nekrasov, che ne resta fulminato. Anche Vissarion Grigor'evič Belinskij (1811-1848), il più importante critico letterario progressista, saluta l'opera come l'esordio di un grande scrittore. Di colpo Dostoevskij viene ricevuto nei principali salotti pietroburghesi. A dicembre Belinskij organizza una serata dedicata alla lettura dei primi tre capitoli di un nuovo racconto di Dostoevskij, *Il sosia*.

1846

Il sosia viene pubblicato sulla rivista "Otečestvennye zapiski" (Annali patrii). Dopo l'esaltazione seguita al successo di *Povera gente*, Dostoevskij comincia a sentirsi a disagio nei circoli letterari legati a Belinskij, con il quale entra progressivamente in conflitto. Incontra per la prima volta M.V. Butaševič-Petraševskij (18211866), seguace di Fourier e organizzatore del primo circolo socialista russo.

1847

Sempre su "Otečestvennye zapiski" vengono pubblicati *Il signor Procharčin* e *La padrona*, ma non si ripete il successo delle prime opere. Già all'inizio dell'anno si interrompe l'amicizia con Belinskij, sempre più critico nei confronti del giovane scrittore. Parallelamente, Dostoevskij frequenta il circolo di Butaševič-Petraševskij, dove si dibattono temi legati alla servitù della gleba, la riforma della giustizia e della stampa e si tengono conferenze su opere vietate nella Russia di Nicola I.

1848

Su riviste e almanacchi vengono pubblicati numerosi racconti di Dostoevskij: *La moglie altrui*, *Un cuore debole*, *Polzunkov*, *Racconti di una vecchia volpe*, *L'albero di Natale e lo sposalizio*, *Il marito geloso* e *Le notti bianche*. Lo scrittore comincia a lavorare a un'opera di grandi dimensioni, *Netočka Nezvanova*, in cui si narra la misera infanzia di una bambina. L'opera rimarrà incompiuta. Dostoevskij dirada gli incontri con i *petraševcy* e frequenta invece Nikolaj Spešnëv, un giovane d'aspirazioni rivoluzionarie dotato di un fascino carismatico.

1849

Su "Otečestvennye zapiski" escono le prime puntate di *Netočka Nezvanova*. Il 23 aprile, alle quattro del mattino, Dostoevskij viene arrestato e tradotto nella fortezza dei Santi Pietro e Paolo, assieme ad altri trentatré membri del circolo Petraševskij, accusati di partecipazione a una società segreta con intenti cospiratori. Dopo sette mesi, l'istruttoria si conclude: Dostoevskij non si sottrae alle sue responsabilità, e con coraggio presenta una deposizione scritta nella quale tenta di proteggere i compagni. Durante i mesi trascorsi in carcere, Dostoevskij compone il racconto *Il piccolo eroe*. Il 19 dicembre il tribunale militare condanna a morte ventuno degli imputati, e tra loro Dostoevskij: tuttavia, tenendo conto della loro giovane età, intercede presso l'Imperatore affinché la pena capitale venga commutata in altre pene. La mattina del 22 dicembre i condannati vengono condotti sul luogo dell'esecuzione, piazza Semënovskaja, dove, secondo la tradizione, la grazia dell'Imperatore arriva solo all'ultimo istante, quando i primi condannati sono già stati incatenati al palo per la fucilazione. La pena commutata a Dostoevskij è di quattro anni di lavori forzati, e successivo arruolamento nell'esercito col grado di soldato semplice, senza possibilità di essere promosso. Il 24 dicembre, dopo un ultimo incontro con il fratello Michail, Dostoevskij, incatenato, parte per la Siberia, dove sconterà la sua pena.

1850-1858

Il 23 gennaio 1850 Dostoevskij arriva a destinazione, alla fortezza di Omsk, dove viene rasato e gli vengono fatte indossare le vesti dei forzati. Ha inizio la durissima esperienza del carcere, e Dostoevskij, che non conosce alcun mestiere, è iscritto nel rango dei manovali. Gli incontri e le riflessioni di quegli anni verranno descritti nel libro *Memorie da una casa morta*, in cui Dostoevskij esprimerà la propria venerazione per l'autentico uomo russo. Le crisi di epilessia, che prima della deportazione erano state episodiche, si fanno più frequenti e violente. Il 23 gennaio del 1854 termina il periodo di lavori forzati, e Dostoevskij è assegnato come soldato di linea al settimo battaglione siberiano, di stanza a Semipalatinsk. Continua il suo avvicinamento al popolo russo: dopo i carcerati, è la volta dei soldati. Dostoevskij ottiene il permesso di abitare in un appartamento privato e riacquista il diritto di leggere e scrivere. Supplica il fratello Michail di inviargli testi storici, di economia, religione, filosofia e letteratura antica. Nell'autunno del 1854 prende servizio a Semipalatinsk il procuratore di Stato A.E. Vrangel', che conosce Dostoevskij di fama e ne diventa il protettore, consentendogli di frequentare l'ambiente intellettuale locale. Dostoevskij frequenta anche un impiegato doganale, Aleksandr Ivanovič Isaev, e la moglie, Marija Dmitrievna Kostant, già malata di tubercolosi. Lo scrittore se ne innamora, ma la famiglia si trasferisce a Kuzneck nel maggio del 1855. Pochi mesi dopo Isaev muore, lasciando la vedova e il figlio nella più completa miseria. Dostoevskij si dà da fare per procurare a Marija conforto e mezzi di sussistenza, aiutato da Vrangel'. Nel frattempo cerca anche di ottenere la grazia e il permesso di tornare a pubblicare, rivolgendosi a E.I. Totleben, suo compagno all'Istituto di Ingegneria e diventato famoso come eroe di Sebastopoli. Anche Vrangel' cerca di aiutare l'amico in quest'impresa e nell'ottobre del 1856 Dostoevskij ottiene la promozione a sottotenente. Il 15 febbraio 1857 sposa Marija Dmitrievna. Lavora intanto a due racconti, *Il sogno dello zio* e *Il villaggio di Stepančikovo e i suoi abitanti*. In agosto, su "Otečestvennye zapiski" appare sotto pseudonimo (M-ij) il racconto *Il piccolo eroe*. Per contro, il matrimonio con Marija Dmitrievna si rivela infelice, tormentato dalle scenate di gelosia della moglie.

1859
Dostoevskij ottiene il permesso di abbandonare l'esercito e rientrare nella Russia europea, con la proibizione di risiedere nelle due capitali. Si stabilisce a Tver', per la sua vicinanza a Pietroburgo. *Il sogno dello zio* esce in estate su "Russkoe slovo" (La parola russa), e *Il villaggio di Stepančikovo e i suoi abitanti* in autunno su "Otečestvennye zapiski": nessuno dei due ha successo. A dicembre Dostoevskij torna a tutti gli effetti un uomo libero, e si trasferisce a Pietroburgo.

1860-1863
In primavera fonda la rivista "Vremja" (Il tempo), con il fratello Michail e il critico N.N. Strachov. La rivista diventa l'espressione di un nuovo indirizzo letterario, il *počvenničestvo*, da *počva* (suolo), che vorrebbe riavvicinare l'*intelligencija* al principio popolare, creando una sintesi tra la classe culturale russa e le masse: queste idee sono in netta contrapposizione con le posizioni occidentaliste espresse dalla rivista "Sovremennik" (Il contemporaneo). Sulla rivista, di cui Dostoevskij è redattore, compaiono a puntate *Umiliati e offesi* (1861), romanzo *feuilleton* a tinte forti, ma che contiene già importanti temi sviluppati in seguito dal Dostoevskij maturo; *Memorie da una casa morta* (1861-1862), dedicato all'esperienza del carcere; *Un brutto aneddoto* (1862) e *Note invernali su impressioni estive* (1863), in cui, col pretesto della descrizione del proprio viaggio in Europa, Dostoevskij ragiona sulla Russia e sulla sua cultura. Vi vengono inseriti anche i *Resoconti di processi celebri*, e sul secondo numero della rivista Dostoevskij si occupa del *Processo Lacenaire*, pluriomicida "filosofo" convinto di appartenere al novero degli uomini eccezionali. La rivista ha successo, e diventa rapidamente popolare. Dal giugno al settembre del 1862 Dostoevskij compie il suo primo viaggio

all'estero: visita Berlino, Dresda, Lucerna, Wiesbaden, Baden-Baden, Colonia, Parigi, Londra, Düsseldorf, Ginevra, Genova, Livorno, Firenze, Milano, Venezia e Vienna, e ne ferma le impressioni nelle sue *Note invernali*. Nel resoconto Dostoevskij esprime la profonda disillusione operata su di lui dall'Europa, e critica con ferocia la figura del borghese, i suoi valori esistenziali meschini e ripugnanti, e le devastanti conseguenze dell'industrializzazione. In quegli anni Dostoevskij intreccia una tempestosa relazione extraconiugale con la giovane Apollinarija Suslova. Insieme faranno un secondo viaggio all'estero, nel 1863, nel corso del quale, oltre alla rottura del loro rapporto, si manifesterà la passione devastante di Dostoevskij per il gioco. Nel maggio del 1863 la rivista "Vremja" viene soppressa dalla censura: al ritorno dal viaggio in Europa, Dostoevskij fonderà con il fratello una nuova rivista, "Epocha" (L'epoca).

1864

Sul primo numero di "Epocha" compare la prima parte delle *Memorie dal sottosuolo*, l'opera fondamentale di questo primo periodo dostoevskiano. Ma si tratta di un anno segnato da tragiche morti: in aprile scompare la moglie, la cui salute era peggiorata drammaticamente dopo il trasferimento nell'umida Pietroburgo; in luglio è la volta del fratello e collaboratore Michail; in settembre muore l'amico Apollon Grigor'ev. Alla morte del fratello, Dostoevskij si fa carico degli ingenti debiti che gravano sulla rivista.

1865

Dopo il fallimento di "Epocha" i problemi economici che da sempre assillano Dostoevskij si fanno drammatici, dovendo egli mantenere anche la famiglia del fratello morto. In estate firma con l'editore Stellovskij un contratto capestro per la pubblicazione delle sue opere complete: se entro il primo novembre 1866 Dostoevskij non consegnerà un nuovo romanzo, perderà per nove anni tutti i diritti sulle proprie opere. Ottenuto un anticipo, Dostoevskij parte per l'estero, dove perde tutto giocando alla roulette. Per pagare il conto dell'albergo ottiene un anticipo dal "Russkij vestnik" (Il messaggero russo) per il romanzo a cui sta lavorando, inizialmente intitolato *Gli ubriachi*, e in seguito *Delitto e castigo*.

1866

Dostoevskij lavora febbrilmente a *Delitto e castigo*: in estate si trasferisce nel villaggio di Ljublino, vicino a Mosca, presso la sorella Vera Michajlovna. Ma il romanzo promesso a Stellovskij non è ancora stato cominciato, e la scadenza incombe: su consiglio degli amici, assume una stenografa e le detta il testo del *Giocatore*, riuscendo a rispettare i tempi di consegna. Il 31 ottobre Dostoevskij si presenta a casa di Stellovskij con il testo definitivo, ma un servo gli comunica che il padrone è partito per un viaggio. Lo scrittore si reca allora al commissariato di polizia del quartiere e vi deposita il testo, salvandosi dalle terribili conseguenze del contratto. La stenografa che lo assiste in questo lavoro frenetico si chiama Anna Grigor'evna Snitkina, ha vent'anni, è graziosa e intelligente: Dostoevskij le chiede di sposarlo.

1867-1871
Il 15 febbraio sposa Anna Grigor'evna. La coppia parte quasi subito per l'estero, e farà ritorno in Russia nell'estate del 1871. Dapprima si recano a Dresda e successivamente a Baden-Baden, dove Dostoevskij si abbandona alla passione per il gioco, dilapida i pochi averi e litiga con Turgenev a proposito del romanzo di quest'ultimo, *Fumo*, e delle sue posizioni occidentaliste. Dall'autunno del 1867 comincia a lavorare all'*Idiota*. Dopo un soggiorno a Ginevra, i Dostoevskij si trasferiscono a Vevey, dove nel febbraio del 1868 nasce una bambina, Sof'ja, che però morirà tre mesi dopo: la sua scomparsa colpirà profondamente lo scrittore. In settembre si trasferiscono in Italia, a Firenze. Dostoevskij continua a lavorare all'*Idiota* e lo porta a termine nel gennaio del 1869: il romanzo sull'"uomo meraviglioso" genera nello scrittore l'idea di creare un romanzo enorme dal titolo *L'ateismo*. Il progetto si modifica, e in Dostoevskij nasce l'idea di scrivere *La vita di un grande peccatore*, ma anche questo progetto viene abbandonato e, nella primavera del 1870, Dostoevskij comincia a lavorare ai *Demòni*, i cui primi capitoli vengono inviati al "Russkij vestnik" prima della fine dell'anno. Nell'ottobre del 1869 era intanto nata un'altra figlia, Ljubov', e nel dicembre di quell'anno Dostoevskij aveva inviato *L'eterno marito* alla rivista "Zarja" (L'alba). Il ritorno in Russia è reso possibile dagli introiti provenienti dalle prime puntate dei *Demòni*: poco dopo l'arrivo a Pietroburgo, Anna Grigor'evna partorisce un bambino, a cui viene dato il nome di Fëdor. Nuovamente assediato dai creditori, Dostoevskij trova un sostegno in K.P. Pobedonoscev (1827-1907), membro del Consiglio di Stato e precettore dei figli dell'imperatore, che apprezza la condanna del radicalismo rivoluzionario e cerca di portare Dostoevskij su posizioni sempre più conservatrici. In seguito Pobedonoscev diventerà procuratore del Santo Sinodo.

1872-1874
Dostoevskij viene assunto come redattore nella rivista "Graždanin" (Il cittadino) e le condizioni economiche della famiglia migliorano leggermente. Nel gennaio del 1873 Anna Grigor'evna comincia a pubblicare in proprio le opere del marito, mentre Dostoevskij inaugura sulla rivista presso cui lavora la rubrica *Il diario di uno scrittore*, in cui raccoglie saggi, pensieri, annotazioni e racconti molto apprezzati dai lettori. In Dostoevskij nasce intan-

to l'idea di un nuovo romanzo, la seconda delle cinque parti della *Vita di un grande peccatore*: nel 1874, si licenzia dalla rivista e lavora all'opera *L'adolescente*.

1875

Nasce il figlio Aleksej e su "Otečestvennye zapiski" comincia a uscire *L'adolescente*. Dostoevskij ottiene dalla censura il permesso di pubblicare una nuova serie del *Diario di uno scrittore*: usciranno dei fascicoli mensili di una ventina di pagine, nelle quali Dostoevskij ha intenzione di continuare a trattare argomenti legati alla contemporaneità.

1876-1877

Grande successo del *Diario di uno scrittore*: il numero di novembre conterrà soltanto un racconto, *La mite*, mentre nell'aprile del 1877 verrà pubblicato *Il sogno di un uomo ridicolo*. Entrambi i racconti hanno il sottotitolo "racconto fantastico". Negli altri numeri del *Diario* Dostoevskij dibatte di questioni di politica internazionale, di letteratura (in particolare del romanzo *Anna Karenina* di Tolstoj), di morale. Nel dicembre del 1877 vi comparirà il necrologio per la morte dell'amico Nekrasov. Su quello stesso numero Dostoevskij annuncia la cessazione della pubblicazione, al fine di poter riprendere la sua attività di scrittore. Tra i numerosi progetti per il futuro, prende forma il romanzo *I fratelli Karamazov*. L'idea di fondo risale all'epoca della deportazione di Dostoevskij, e a un suo compagno di prigionia condannato per parricidio a vent'anni di lavori forzati e successivamente scoperto innocente. Il risultato sarà un romanzo-sintesi, in cui tutte le idee e i temi prediletti dallo scrittore troveranno la loro massima espressione.

1878

Dostoevskij ottiene il massimo riconoscimento culturale del tempo e viene eletto membro dell'Accademia delle Scienze. In maggio muore il figlio Aleksej, e a Dostoevskij viene diagnosticato un enfisema polmonare. Lo scrittore lavora intensamente al suo romanzo.

1879

La pubblicazione delle prime puntate dei *Fratelli Karamazov* sul "Russkij vestnik" è un successo. Dostoevskij continua a lavorare al romanzo e frequenta l'alta società pietroburghese.

1880

Dostoevskij tiene il famoso *Discorso su Puškin*, in occasione dell'inaugurazione di un monumento al poeta a Mosca. Il pubblico ne è entusiasta, per Dostoevskij si tratta di un autentico trionfo. L'edizione speciale del *Diario di uno scrittore* contenente il discorso vende 15.000 copie. In autunno esce l'ultima puntata dei *Karamazov*. La malattia che gli è stata diagnosticata progredisce, e Dostoevskij per contrastarla dovrebbe vivere lontano da tensioni emotive e psichiche.

1881

Dopo una lite con la sorella Vera a causa dell'eredità dei parenti Kumaniny, il 26 gennaio le condizioni di Dostoevskij si aggravano. Ha diversi sbocchi di sangue e si convince di essere prossimo alla morte. Alle 11 del mattino del 28 gennaio ha inizio l'emorragia finale. Dostoevskij perde conoscenza e muore alle otto e trentotto di quella sera. I funerali si svolgono il 31 gennaio con una straordinaria partecipazione di folla.

Bibliografia essenziale

Le notti bianche: romanzo sentimentale, tr. di L. Bellini riveduta dallo scrittore russo Ossip Felyne, M. Carra e C., Roma 1920.

Th. Dostoiewsky, *Le notti bianche*, Barion, Sesto San Giovanni 1924.

F. Dostoievski, *Le notti bianche (Les nuits blanches)*, tr. dal francese di Cesare Enrico Aroldi, Sonzogno, Milano 1927.

Fjodor Dostojevskij, *Le notti bianche. Njetocka Njezvanova*, versione integrale con note di Leone Savoj, Slavia, Torino 1929.

F. Dostoiewski, *Le notti bianche. Romanzo sentimentale*, tr. di Giovanni Bach, Morreale, Milano 1929.

Fedor Mihajlovic Dostoevskij, *Il romanzo di un'orfana: Netoska Nesvanova. Le notti bianche*, tr. di Leo Gastovinski, Bietti Edit. Tip., Milano 1931.

Notti bianche, in Fiodor Dostoievski, *Un'avventura scabrosa*, versione di Giacomo Pesenti, Rizzoli, Milano 1937.

Fiodor Dostoievski, *L'orfana. Le notti bianche*, tr. e intr. a cura di Rinaldo Küfferle, UTET, Torino 1956.

Fjodor Dostojevskij, *Le notti bianche*, tr. di Vittoria de Gavardo, pref. di Angelo Maria Ripellino, Einaudi, Torino 1957.

Fiodor Dostoievski, *Le notti bianche. Cuor debole. Piccolo eroe*, tr. di Giovanni Faccioli, Rizzoli, Milano 1957; con il testo originale a fronte e un'intr. di Erica Klein, Rizzoli, Milano 1994.

Le notti bianche. Cuor debole, tr. e adattamento di Giorgio Torti, Edizioni dell'albero, Torino 1967.

Le notti bianche. Il giocatore, tr. di Elsa Mastrocicco, Fabbri, Milano 1984; I libri di Gulliver, Rimini 1985; Bompiani, Milano 1988.

Le notti bianche, tr. e cura di Giovanna Spendel, Mondadori, Milano 1993.

Le notti bianche, tr. e cura di Luisa De Nardis, TEN, Roma 1994.

Belye noči / Notti bianche, tr. di Giulia Gigante, testo originale a fronte, Einaudi, Torino 1996.

Le notti bianche, tr. di Daniela Polato, intr. di Giovanna Spendel, San Paolo, Cinisello Balsamo 1996.

Le notti bianche: sogno d'amore, tr. e presentazione di Maddalena Giovannelli, Demetra, Bussolengo 1996.

Indice